KB210312

진실을, 오로지 진실만을

진실을, 오로지 진실만을

1판 1쇄 인쇄   2024년 9월 23일
1판 1쇄 발행   2024년 9월 30일

지은이   김봉철
발행처   (주)수오서재
발행인   황은희 장건태
책임편집   마선영
편집   최민화 박세연
마케팅   황혜란 안혜인
디자인   권미리
제작   제이오
주소   경기도 파주시 돌곶이길 170-2 (10883)
등록   2018년 10월 4일(제406-2018-000114호)
전화   031 955 9790
팩스   031 946 9796
전자우편   info@suobooks.com
홈페이지   www.suobooks.com
ISBN   979-11-93238-42-4 (03810) 책값은 뒤표지에 있습니다.

진실을,
오로지
진실만을

김봉철 소설집

수오서재

차례

진실을,
오로지
진실만을

1

4년 차 출판 편집자인 이새콤 씨는 어느덧 어엿한 직장인의 태가 났다. 파마를 해서 곱슬곱슬한 짧은 단발머리를 뒤에서 질끈 묶었다. 왼손으로 아무렇게나 움켜쥔 뒤 오른손으로 왼쪽 손목에 있던 고무줄을 내려 머리를 동여맸다. 자주색 셔츠에 베이지색 니트 조끼를 즐겨 입는다. 외근할 때 언제나 메고 다니는 인조 가죽으로 된 갈색 크로스백에는 두툼한 원고 뭉치가 들어 있다. 연남동에 있는 한 출판사에 입사한 이후 그녀는 주로 교정 교열이나 원고의 초고를 편집하는 업무를 맡았으나 작년부터는 이제 슬슬 새콤 씨도 책을 맡아서 만들어 봐야죠? 하는 대표님의 말씀에 두 주먹을 불끈 쥐고 네! 대답한 이후로 몇 권의 책을 기획해서 출간하기도 했다.

원고를 편집하는 일 말고도 편집자로서 이새콤 씨가 해야 하는 업무는 또 있었다. 바로 원고의 내용이 사실과 부합하는지를 확인하는 팩트 체크였다. 처음 이 업무를 선배에게 설명 들었을 때는 사실 여부를 가리는 일이라는 말에 왠지 설레기도 했다. 노란 포스트잇에 '오로지 진실만을 간수하고자 하는 교정'이라고 적은 뒤 모니터 한쪽에 붙여놓기도 했다. 왠지 진실을 가리는 문장의 법관이라도 된 듯한 기분이었으나 막상 업무를 시작한 뒤로는 그리 호락호락한 일만은 아니라는 것을 깨달았다.

기본적으로는 인용된 통계와 수치가 정확한지를 확인하는 일이었다. 그리고 그 통계와 수치의 출처가 어디인지를 명확하게 확인해야 했다. 한번은 작가님 한 분이 원고에 그럴듯한 문구를 적어둔 뒤, 혹시 어디서 보신 구절이신가요? 하는 질문에

"그, 저, 성경 어디서 본 것 같아요. 누가복음이었나? 마태복음이었나?"

하고 대답해서 며칠 동안 누가와 마태를 오가며 밤새도록 성경을 뒤적이며 찾아낸 적도 있다. 그러나 결국 그가 말했던 문구는 고린도전서의 한 구절이었다.

인터넷 검색이나 며칠을 고생해서 자료를 찾아가며 확인할 수 있는 수치나 통계라면 그나마 다행이었다. 에세이의 경우 그저 작가가 정말 이러한 일을 겪었는지, 누군가에게 전해 들은 일을 자신이 경험한 일인 것처럼 적은 것은 아닌지 확인해야 했다. 쉽지 않은 일이었다. 대부분은 그냥 믿는 수밖에 없었다. 이를테면 인도 여행 중 어느 해발 3,800미터 산을 오를 때, 무더운 날씨와 가파른 산행 코스에 기진맥진해 있었는데 쓰러지기 직전 산 중턱에서 코카콜라를 파는 상인을 만나게 되어 구원을 받은 듯한 기분이었다, 라는 문장을 봤을 때 정말 그가 산 중턱에서 기적처럼 콜라를 파는 상인을 만났는지 그 콜라가 코카콜라였는지 펩시였는지의 사실 여부를 가리려 했다면, 아쉽지만 아직 정상에 오르기엔 멀었다. 가장 먼저 인도에 정말 해발 3,800미터의 산이 있는지를 확인해야겠다는 생각이 들어야 한다. 소설의 경우는 더욱 난감했다. 인물의 대사 중 서울에서 부산까지 KTX를 타고 네 시간이 걸렸다, 라는 문장을 보고 빨간 펜을 들어 교정지에 적었다.

'작가님! 이 부분은 확인해 보니 서울에서 부산까지는 두 시간 34분이 걸리는 것으로 나오는데요. 혹시 연착이 된 걸까요? 아니면 KTX가 구형이었던 것일까요?'

며칠 뒤 교정지를 확인한 작가님으로부터 연락이 왔다.

－그것은 인물이 거짓말을 하고 있다는 것을 나타내려고 의도적으로 그렇게 적었습니다.
－아 그렇군요! 확인 감사합니다!

답장을 보낸 뒤 새콤 씨는 머리를 감싸 쥐며 생각했다. 세상에 일부러 거짓말을 하는 사람이 있다니! 모니터 옆에 '오로지 진실만을 간수하고자 하는 교정'이라고 적어둔 그녀로서는 이해하기 어려운 일이었다. 소설가 이귀욱은 더욱 이해할 수 없는 인물이었다. 출간 제의를 하기 위해 처음으로 그를 만났던 날 인사동의 한 카페에서 어떻게 처음 글을 쓰게 됐냐고 묻자 그는 답했다.

"집이 어렸을 적부터 가난했어요. 스무 살이 되고 공장도 다니고 해봤지만 형편은 아무래도 나아지질 않더군요. 그래서 빈곤에 지치다 못해 어느 날 생각했어요. 가난한 게 직업이 될 수는 없을까? 찾아보니 있더라고요. 그 길로 서울역에서 노숙을 시작했어요. 그러다 한 귀인을 만나게 되는데 품바 김선명 선생이었어요. 노숙도 경쟁이 치열해요. 자리싸움도 해야 하고. 체력 관리하려고 매일 아침 서울역 주변을 세 바퀴씩 뛰었어요. 요새는 현금 대신 다들 카드나 삼성페이로 결제하니 동전 한 푼 구걸하기도 쉽지 않죠."

여기서 잠시 아이스 아메리카노를 한 모금 들이마신 뒤 그는 말을 이어 나갔다.

"살아남아야 했어요. 어떻게든 살아남아야 했습니다. 김선명 선생이 저를 살렸어요. 소리를 배우고 이야기를 배웠어요. 한겨울에 박스로 집을 짓는 방법과 청계천 물을 손으로 퍼마셔도 배탈이 나지 않는 방법을 배웠어요. 품바계에 비밀리에 전해지는, 누구의 지갑이라도 열 수 있다는 전통의 18가락을 모두 배우고 나니 허탈하더군요. 그래서 저는 저만의 이야기를 지어야겠다고 생각했어요. 그때부터 글을 쓰기 시작했습니다."

와, 정말요? 하고 놀란 새콤 씨는 출판사로 돌아와 대표님에게 이 사실을 이야기했다. 있죠, 대표님. 사실 이 귀욱 작가님이 품바 출신이래요! 하고 말하자 대표님은 얼굴에 알 수 없는 미소를 가득 지으며 말했다. 그래요? 다음에 다시 한번 물어보세요.

무슨 말씀이시지? 새콤 씨는 당황했다. 지난번 미팅에서 나눴던 이야기들을 기반으로 작성한 출간계획서를 들고 또 한 번 그와 만난 자리에서 새콤 씨는 미심쩍었지만 염치 불고하고 다시 물어보게 된다. 작가님 혹시 그때 그 어떻게 글을 처음 쓰시게 되셨다고 하셨죠?

"스물여덟에 산에 들어갔어요. 살아오면서 사람들에게 상처를 많이 받았고 더는 사람들 속에서 어울릴 자신이 없었어요. 처음엔 스님이 되려고 했었는데 그것도 쉽

진실을, 오로지 진실만을

지 않은 일이더라고요. 제가 아침잠이 많아서. 기차를 타고 아무 산에나 들어가서 나무로 움막을 짓고 살았죠. 그러던 중 어느 날, 바위에 뚫린 구멍을 하나 보게 되었어요. 아주 작은 물방울들이 떨어져서 그 얼마 되지도 않을 충격도 수없이 반복되자 손가락도 들어갈 수 있는 구멍이 파여 있더라고요. 그때 생각했어요. 저는 아주 나약하고 미약한 사람이지만, 조금씩 사람들에게 용기 내서 다가가다 보면 사람들의 마음에 닿을 수 있지 않을까 하고요. 그 길로 산에서 내려와서 글을 쓰기 시작했습니다."

아 그렇군요, 대답한 새콤 씨는 고개를 끄덕이면서도 머릿속은 더욱 혼란스러웠다. 고개를 너무 빨리 끄덕인 까닭일까? 하는 생각에 속도를 줄여 천천히 끄덕여봤지만 혼란스러운 것은 여전했다. 집으로 돌아온 새콤 씨는 소설가 이귀욱에 대해 검색해 보았다. 책 소개와 몇 편의 인터뷰가 실려 있었다. '저는 거짓말을 잘 못합니다'라는 제목의 인터뷰를 클릭했다.

저는 거짓말을 아주 싫어하고 잘하지도 못할뿐더러 열심히 하려는 노력조차 하지 않습니다. 이런 점에서 솔직하고 진솔함에 가까운 글을 쓸 수 있고 반면에 소설이나 허구는 잘 쓰지 못합니다. 이게 가장 큰 장점이자 단점이라고 생각합니다.

이번에는 고개를 끄덕이지도 않았는데도 머릿속이 혼란스러워졌다. 새콤 씨는 그의 소설을 몇 편 읽어보았다. 〈안녕하세요, 신입니다〉라는 제목의 단편 소설은 바쁘신데 제 이야기를 들어주셔서 감사합니다, 라는 문장으로 시작된다. 세간에는 제가 7일 만에 세상을 만들어냈다고 알려져 있으나 사실 여기엔 과장이 좀 있습니다. 누구나 자신의 업적을 뽐내고 싶은 마음이 있지 않을까요? 성공에는 신화가 좀 덧붙어야 멋있는 거고요. 죄송합니다. 사실 며칠 더 걸렸습니다, 하는 내용이었다. 취향은 아니었지만 몇 줄 더 읽어보기로 했다.

빛이 있으라, 말을 하자 어둠 속에서 빛이 생긴 것은 사실입니다. 저에게도 그 정도의 능력은 있습니다. 세상에 아름다운 것들을 만들어내고 싶었습니다. 빛이 있으라, 말을 하

진실을, 오로지 진실만을

자 세상이 밝아졌지만 이상하게도 그림자가 따라오더군요. 아, 다시 다시! 이건 취소! 몇 번이고 빛을 지우고 다시 만들어 봐도 마찬가지였습니다. 저는 낙심했습니다. 여러분들이 살아가시며 겪게 되는 고통과 슬픔에 저는 죄책감을 느끼고 있습니다. 죄송합니다.

라는 내용이나

세상에는 저의 행간을 읽어내는 이들이 있더군요. 사람들은 그들을 과학자라고 불렀습니다. 양자역학은 분명한 실수였습니다. 어느 날 사람들이 무엇을 하고 있나 이렇게 세상을 들여다보고 있는데 귀여운 고양이 한 마리가 상자 안에 들어가 있는 것이 보였습니다. 어머 불쌍해라, 하고 몰래 꺼내어 등도 쓰다듬고 츄르도 주고 강아지풀로 놀아주고 있는데 아뿔싸! 시간이 너무 흘러버린 것을 깜빡했습니다. 직접 관측하기 전까지는 그 안에 고양이가 살아 있는지 아닌지 알 수 없다며 과학자들은 신이 났습니다. 저는 그들이 신나 보이는 것을 망치고 싶지 않았습니다. 이를 그들은 양자역학이라 이름 붙이더군요.

하는 허무맹랑한 내용이었다. 자신이 만약 이 원고를 편집해야 했다면 어땠을까? 새콤 씨는 생각해 보았다. 아무래도 종교를 가진 사람들이 거부감을 가질 수도 있을 것 같아 어려울 것 같았다. 이새콤 씨는 다음 미팅에서 단도직입적으로 물어보기로 한다.

"작가님, 근데 혹시 저 뭐 하나 여쭤봐도 될까요?"

"네, 말씀하세요."

"왜 그렇게 거짓말을 많이 하세요?"

"저는 거짓말을 잘 못 해요."

"근데 많이 하시잖아요."

"그냥 열심히 하는 거죠, 뭐."

"왜요?"

"잘 못 하니까요. 자신의 부족한 점을 깨닫고 이를 노력해서 극복하려는 게 세상을 움직이는 원동력 아닐까요?"

새콤 씨는 도통 당해낼 재간이 없다고 생각했다. 그렇지만 왠지 지기 싫은 기분이 들어 물었다.

진실을, 오로지 진실만을

"작가님. 인도에서 해발 3,800미터 산에 올라가다 지쳤는데 산 중턱에서 상인을 만났어요. 기진맥진하던 차에 상인이 팔던 코카콜라를 마셔서 구원받은 기분이었어요. 여기서 사실관계를 확인해야 하는 부분은 어디일까요?"

당연한 거 아닌가요? 하고 그는 별걸 다 묻는다는 듯이 대답했다. 구원이 실존하는지 여부부터 확인해야죠.

새콤 씨는 그의 신작 소설의 편집을 맡은 이후로 처음으로 대표님께 못 하겠다고 말을 해볼까 하다가 다시 두 주먹을 불끈 쥐며 각오를 다잡는다. 모니터 옆에 붙은 쪽지로 눈을 돌렸다. '오로지 진실만을 간수하고자 하는 교정' 모니터 화면을 보며 원고를 살피는데 문득 한 문장에 눈길이 갔다.

"오잉?"

새콤 씨는 자기도 모르게 소리쳤다. 너무 이상한 소리를 내버렸다. 생각하며 주위를 둘러보니 의아한 얼굴로 동료들이 자신을 바라보고 있어 새콤 씨는 얼른 고개를 푹 숙였다. 고개를 숙인 채로 다시 눈동자만 위로 올려 모니터 속 문장을 읽어보았다.

"오잉???"

진실을, 오로지 진실만을

2

유명한 작가들의 책을 편집하는 것도 즐거운 일이었
지만 새콤 씨에게도 욕심이 하나 있었다. 아직 알려지
지 않은 옥석을 발굴하여 널리 알리겠다는 것이었다. 새
콤 씨가 주로 하는 일 중 하나는 글쓰기 모임에 참가하는
것이었다. 글쓰기에 대한 열망은 사실 없었으나 글을 쓰
고 싶어서 모인 사람 중에서 이야기를 뽑아 담아내고 싶
었다. 글쓰기 모임에 참가할 때면 몰래 신분을 숨기고 잠
입한 것처럼 가슴이 두근거렸다. 일요일, 서촌에 있는 한
한옥 카페에서 다섯 명의 사람들이 모였다. 모임에 참석
하면 책 한 권도 공짜로 준다고 하니 주말도 업무의 연장
이 되었다고 생각했던 새콤 씨는 조금 신이 났다. 참가자
들의 나이는 30대 후반에서 40대 초반으로 보였다. 각자
가 써온 한 페이지 분량의 글을 돌아가며 읽고 그 소감을
말하는 모임이었다. 새콤 씨도 밤새 써온 글을 읽었다.
제목은 '신이라는 착각'이었는데 키우는 고양이에게 밥
도 주고 물도 주고 가끔 놀아주기도 해서 가끔은 내가 고
양이의 누나나 엄마가 된 것 같다는 기분이 들지만 언제

나 높은 곳에서 나를 내려다보고 있는 걸 보면 고양이가 내 주인이 아닐까 하는 생각이 든다, 라는 내용의 글이었다. 다른 사람들 앞에서 자신이 쓴 글을 읽는 것은 매우 부끄러운 일이었다. 사람들이 새콤 씨의 글에 이런저런 코멘트를 해줄 때는 멀리 도망이라도 치고 싶은 기분이었다. 새콤 씨의 얼굴이 빨개졌다. 다시는 작가의 글을 함부로 평가하지 말아야지 하고 생각하고 있었는데 모임에 참가한 한 남자가 자신이 써온 글을 읽기 시작했다.

자신이 학원 선생이라 밝힌 이 남자는 가르치던 한 학생의 이야기를 적어 왔다. 초등학교 3학년 정도의 아이였고 이전 학원에서 적응을 못 해 이 학원으로 옮겨왔다고 했다. 그는 많은 노력을 통해 아이를 도우려고 했지만 자신의 진심은 잘 받아들여지지 않았고 결국 아이가 학원을 그만두게 되었다는 이야기였다. 수강생의 수가 줄어들 때마다 자신의 평가가 타격을 받게 된다며 그는 짜증 섞인 말투로 이야기했다. 그러면서 마지막으로 한마디를 덧붙였다.

진실을, 오로지 진실만을

"저는 그 학생이 저와 두 번 다시 마주치지 않았으면 좋겠어요. 진심으로요. 이건 정말 진심이에요."

그는 아직도 화가 풀리지 않은 것처럼 보였다. 새콤 씨는 왠지 모르게 주눅이 들며 생각했다. 선생님도 쉬운 일이 아니구나, 하며 출판사에서 일하며 힘들었던 몇 가지의 일들을 떠올리고 있는데 갑자기 놀라운 광경이 펼쳐졌다.

"그런 애들은 어딜 가서도 그래요."
"아마 다른 학원 가서도 그러고 있을 거예요. 신경 쓰지 마세요."
"진심은 언제나 전해질 거예요. 멋진 선생님이세요."
"부모가 잘못 가르쳐서 그래요. 부모도 똑같을걸요?"

남자가 말을 끝낸 그 순간부터, 그 학생에 대한 성토의 장이 펼쳐졌다. 마치 하나의 축제라도 열린 듯 사람들은 각자 다양한 방식으로 화를 내며 그 학생을 비난했다. 그러니까 멀리서 보자면, 서촌의 한 한옥 카페에 모인 네

다섯 명의 어른들이 얼굴도 이름도 모르는 열 살 무렵의 아이를 다 같이 물어뜯는 장면이었다. 새콤 씨는 당황스러웠다. 아니 근데, 그래도 아직 어린아이인데요, 하고 말하고 싶었지만 차마 용기가 나지 않았다. 분위기를 망칠 것이 두려웠고 또 괜히 착한 척을 한다며 욕을 먹을까 봐 겁이 났다. 나는 아직 아이가 없어서 잘 모르는 건가? 하고 40대쯤이며 이미 다들 가정을 이루고 있었던 그들의 생각을 이해해 보려 노력하기도 했다. 어쩔 줄 몰라 하던 새콤 씨는 당황하다 못해 그럼 나도 같이 욕을 해야 하나? 생각하게 된다. 어쩌지? 어쩌지? 하는 와중에 어느덧 다음 사람 순서로 넘어가게 되지만 새콤 씨는 그때부터 아무것도 눈에 들어오지 않았다. 집에 오는 길, 버스에 탄 새콤 씨는 문득 그날 모임에서 받은 책을 들여다봤다. 제목은 《정의롭다는 착각》이었다.

새콤 씨는 집에 돌아와 이 이야기를 동생 매콤 씨에게 했다. 매콤 씨는 새콤 씨보다 세 살이 어렸으며 아직 학생이었다. 그들이 장난치며 달려들 때면 아빠는 "어우. 맵고 시다"라며 스리라차 자매의 대 습격이라고 놀리고는 했다. 어째서 새콤이 다음에 달콤이가 아니었냐는 질문에는 "그것은 이미 등록된 상표로 다툼이 있을 수 있다"고 어물쩍 넘기고는 했다. 글쓰기 모임의 일화를 들은 매콤 씨가 말했다.

"언니, 혹시 내면 아이라고 알아?"

"응. 대충은?"

"그거 혹시, 어렸을 때 언니가 떠올라서 비난받던 자신을 누구라도 응원해 줬으면 하는 마음 아니었을까?"

그럴지도 모르지, 하고 대답한 새콤이는 어린 시절의 기억들을 이리저리 들여다보며 생각했다. 맵다 매워, 얘는 확실히 달콤이는 못 돼. 매콤이가 맞아.

3

한때 반짝이던 것들이 그 빛을 잃어가는 과정도 출판사 편집자로 일하면서 새콤 씨는 수없이 봐와야만 했다. 에세이를 주로 쓰던 그 남자는, 계약된 마감 기한을 한참 넘기고도 계속해서 마감을 미뤄왔다. 새콤 씨는 그의 글에서 보이던 세상을 바라보는 섬세하고도 세심한 시각이 좋았다. 간간이 조심스럽게 독촉을 해보아도 "죄송합니다. 아직 준비가 덜 되었습니다"라는 말밖에 듣지 못했다. 어느 날 가볍게 커피나 한잔하자며 그에게 미팅을 제안한다. 오랜만에 만난 그는 커피숍에서 잣이 뿌려진 뜨거운 쌍화차를 후후 불며 말을 하기 시작했다.

"저는 이미 끝났습니다. 다른 사람은 몰라도 저는 알아요. 글이 저를 떠났습니다. 영원할 줄로만 알았어요. 길을 걸으면 문장들이 떠올랐고 책을 읽으면 그 글들 속에서 저만의 이야기가 피어났습니다. 제가 하는 일은 그저 그 단어와 문장들을 붙잡아 종이에 옮겨 쓰기만 하면 되는 일이었어요. 어떤 날은 글을 쓰기 전부터 알아요.

진실을, 오로지 진실만을

느낌이 와요. 야구 선수들이 공을 치기 전부터 이건 홈런이다, 넘길 수 있다 하고 느낀다는 것처럼. 저도 쓰기 전부터 알아요. 그런 날이면 키보드를 치는 제 타자 속도가, 종이 위를 굴러가는 제 볼펜이 그 생각들을 다 따라잡아 적어내지 못할까 봐 두려울 정도였습니다. 저는 타고난 재능이라고 생각했고 그런 날들이 영원할 줄로만 알았어요. 근데 이제 정말 모든 것이 끝이 났어요."

이젠 정말 아무것도 떠오르지 않습니다. 죄송합니다. 라는 말과 함께 그는 떠나갔다. 더 이상 어떠한 단어도 문장도 의미를 갖지 못한다는 그의 말을 사실 전부 이해할 수는 없었다. 그저 그가 그만의 빛을 잃지 않기만을 바랐을 뿐이다. 얼마 뒤, 그는 몇 편의 짧은 에세이를 보내왔다. 그 글들을 읽은 새콤 씨는 이건 안 될 것 같다는 생각을 했다. 문장은 힘이 없었고 그가 가졌던 특색들은 찾아볼 수 없었다. 그가 예전에 썼던 그의 글들을 억지로 흉내 낸 듯한 느낌마저 들었다. 새콤 씨는 고민했다. 다시 그가 어떻게든 반짝였으면 하는 마음에 새콤 씨는 그에게 소설을 한번 써 보라는 제안을 하게 된다. 기간은 1년. 마감을 한 달 정도 남겨놨을 때 그에게서 메일이 한 통 온다. "죄송합니다만 두 달만 더 시간을 주실 수는 없으실까요?" 그렇게 두세 차례 마감이 더 미뤄지고 그가 파일을 보내왔다. 읽었을 때 새콤 씨는 실망을 금치 못했다. 예전에 썼던 글과 별다를 것이 없었으며 오히려 소설의 흉내를 내려는 것인 듯 시점과 서술하는 이의 성별을 애써 바꾼 것이 안쓰러울 정도였다. 새콤 씨는 침착했다. 그가 더 보여줄 수 있을 거라 믿었다. 분량이 모자라서 그런데 혹시 대여섯 편만 더 써주실 수는 없으실까요? 새콤 씨는 그 안에서, 최소한 한 편이라도 그가 예전의 빛을 다시 발하기를 바랐다. 해보겠습니다, 라는 대답과 얼마 뒤 그는 몇 편의 글을 더 보내왔지만 별다를 것은 없었다. 오히려 더욱 실망스러웠을 뿐이다.

이런 경우 어떻게 해야 하냐고 선배에게 묻자 그는 답했다. 사실대로, 가급적 사실대로 말하는 게 좋아. 카톡을 보내야 할까, 직접 만나서 이야기해야 할까, 전화로 할까 하다 새콤 씨는 메일 창을 열고 적었다.

진실을, 오로지 진실만을

작가님 보내주신 글은 잘 보았습니다. 다만 저희 출판사와 방향이 맞지 않는 부분이 있어 출간 진행은 어려울 것 같습니다. 다음에 좋은 기회에 다시 뵐 수 있기를 바라겠습니다. 그럼 건강하시기를 기원드리며 혹시라도 궁금하신 부분이 있다면 편하신 시간대에 전화 주시면 상세히 설명드리겠습니다. 감사합니다.

새콤 씨는 습관처럼 팩트 체크를 하기 시작했다. 사실 여부와 다른 구석이 있지는 않을까? 진심이 담겨 있을까? 진심을 담아도 되는 걸까? 사실과 너무 가까운 것은 아닐까? 숨겨야 할 것은 숨기고 보여줘야 할 것은 드러내는 것이 이야기라면, 나는 무엇을 숨기고 또 무엇을 드러내야 하는 걸까. 나는 누군가에게 읽힐 만한 이야기였을까? 해발 3,800미터와 코카콜라와 펩시, 산 중턱에서 만난 상인. 그중에 정말 구원이 있었을까?

새콤 씨는 고민 끝에 메일의 발송 버튼을 눌렀다. 한참 핸드폰을 바라보았지만 며칠이 지나도 그로부터 연락이 오는 일은 없었다.

4

　새콤 씨는 다시 모니터 속 문장을 들여다봤다. 이귀욱이 보낸 소설 중간에는 '☆★☆잠시 쉬어가는 페이지☆★☆'라고 적힌 페이지가 있었고 그 중간에는 이런 문장이 적혀 있었다.

　제가 요새 로맨스 소설을 쓰려고 생각해 봤는데, 사랑이 시작되는 순간을 떠올리다 보니 편집자님을 처음 만났을 때밖에 생각이 나질 않더라고요. 괜찮으시면 처음 뵜던 그 인사동 카페에서 같이 커피 마셨으면 좋겠어요. 그럼 6월 8일 그 카페에서 기다리겠습니다!

　얼른 고개를 돌려 달력을 봤다. 오늘이었다. 이런 미친 인간, 하고 새콤 씨는 생각했다. 어쩌지? 믿어도 되나? 진심일까? 또 거짓말을 하는 건 아닐까? 나는 얼마만큼의 진심을 보여야 할까. 그 진심은 또 사실과 얼마나 닮아 있을까. 해발 3,800미터 위에 올라온 것처럼 숨이 가빠왔다. 새콤 씨는 갈색의 크로스백을 어깨에 걸어 멨다. 후다닥 나서는 그녀의 발걸음은 경쾌하고도 진지했다. "새콤 씨 어디 가요?" 하는 질문에 그녀는 답했다.

"외근이요!"
"누구?"
"이귀욱 작가님이요!"
"그래, 조심해서 잘 다녀와요."

새콤 씨는 다시 자신이 한 말을 체크했다. 사실과 다른 부분은 없었다. 문을 열고 발걸음을 떼고 나서며 그녀는 생각했다.

'두렵고 또 겁도 나지만, 그것이 진실인지 확인하는 길은 그 문장을 처음부터 끝까지 읽어보는 수밖에는 없어.'

무촌

제17구역

—

아마릴리스의

노예

1

그가 돌아온다.

허름한 컨테이너 안, 한쪽 구석에 놓인 책상에 앉은 한 노년의 남자가 핸드폰 화면을 들여다보며 미간을 찌푸리고 있다. 컨테이너는 창고로 쓰이는 듯 빠루나 오함마를 비롯한 다양한 공구들이 널브러져 있었다. 남자는 다시 한번 핸드폰을 들여다보며 입맛을 다셨다.

무촌은 서울 인근에 있는 신도시로, 재개발이 한창 진행 중인 주상복합 아파트의 명칭은 아마릴리스. 아마릴리스는 자랑, 수다쟁이, 은은한 아름다움, 인공적, 침묵 등의 꽃말을 가지고 있다. 그중에서도 은은한 아름다움이라는 의미로 그 명칭을 정했다고 하나 입주 예정자들에게는 자랑이라는 꽃말로, 인근 거주자들에게는 공사 소음으로 인해 수다쟁이라는 꽃말로 읽혔다. 1층부터 3층까지는 상가가 들어설 예정이고 그 위로는 23층까지 거주공간이 조성되어 사람들이 살게 된다. 총 공사 기간은 4년, 그중 1년여가 남아 있는 상태에서 앞으로 사람들 사이에서 무촌의 검은 빠루로 불리게 되는 노년의 남자, 이순철이 직영 반장으로 들어서게 된다. 직영 반장의 무덤으로까지 불리던 이 무촌 제17구역 재개발단지에는 이미 네 명이 넘는 직영 반장이 거쳐 갔다. 처음 직영 반장으로 일을 했던 이는 점심시간에 막걸리를 마시다 걸려 퇴출당했다. 두 번째로 들어온 직영 반장은 3개월 경과를 보고 올려주겠다던 일당이 인상될 기미가 도무지 보이질 않자 핸드폰을 꺼두고 잠수를 탔다. 그 뒤로도 두세 명 정도가 직영 반장의 자리를 거쳐 갔고 마지막으로 그만둔 이는 본사 관리자로부터 일도 못하는 새끼를 불쌍해서 데리고 있어 줬더니, 라는 말을 들은 날 당일 아침 쓰고 있던 하이바를 집어 던지고 휘파람을 불며 집으로 갔다.

직영 반장직의 공백이 생기자 급하게 새로운 직영 반장을 구하게 된다. 한편 현장에서는 작업을 진행해야 할 사람이 필요했기에 그간 현장에 꾸준히 나오던 세 명 정도의 일용직 용역들로 직영 반장의 일을 대체하게 되고 그중 한 명이 바로 무촌 제17구역, 아마릴리스의 노예라 불리던 김성환이었다. 40대 초반이었던 그는 얼굴이 검고 170센티미터가 조금 안 되는 키에 둥그스름한 얼굴형을 가졌다. 머리는 바싹 깎아 삭발에 가까울 정도였고 오른쪽 귀밑에는 높은음자리표 문신이 있었는데 사람들이 그 뜻을 묻자 낮은 것보다는 언제나 높은 것이 좋으니까, 하고 간결하게 답변했다. 귓가에 음악 기호를 그려 놓으면 언제나 노래를 듣는 것처럼 기분 좋을 수 있을 것 같았다는 그의 말에 사람들은 그러면 음표를 그렸어야 하는 것이 아닌가 하는 의문을 가졌으나 누구도 그에게 차마 묻지는 못했다. 용역들 사이에서도 그는 가장 주도적으로 일을 했고 다른 사람들은 기피하는 궂은일도 눈살 하나 찌푸리지 않고 해냈다. 층마다 위치한 20리터짜리 약수통에 가득 찬 소변을 들고 날라서 1층에 있는 화장실 대변기에 버리는 것도 그의 몫이었다. 아무리 조심해도 손에는 소변이 튀어 지린내가 나기 마련이었지만 그는 개의치 않는 것처럼 보였다. 그가 아마릴리스의 노예라고 불리게 된 까닭은 따로 있었다. 건설 현장의 화장실은 대부분 재래식으로 되어 있다. 보통 변기들처럼 물이 차 있는 형태가 아닌 바닥이 뚫려 있고 거품이 계속 흘러나와 오물을 흘러내리는 방식인데 때맞춰 분뇨를 수거하는 차를 불러주지 않으면 오물이 계속 쌓여 넘치게 된다. 웬만해선 사람이 쉽게 할 수 없는 일이고 일용직들은 오물이 가득 찬 변기를 보기만 해도 기겁을 하며 내가 이딴 일을 하러 온 것이 아니라며 손사래를 치고는 했으나 김성환은 눈 하나 깜짝하지 않고 해냈다. 오히려 보는 사람들이 경탄할 정도로 변기를 깨끗하게 청소했는데 그 과정에서 그가 보여준 행보는 거룩하고도 경건한 것이어서 일종의 경외감마저 느끼게 할 정도였다. 화장실 청소용 고무장갑이 있었는데도 불구하고 그는 고무장갑을 끼면 동작의 섬세함이 느껴지지 않는다며 맨손으로 수세미를 들고 대변으로 가득 찬 변기를 닦았다. 어떻게 그것이 가능하냐, 역겹지도 않으냐는 사람들의 질문에도 그는 아무 대답도 하지 않았다. 참으로 과묵한 사내였다. 그저 분뇨 수거차를 보며 왼쪽 눈을 빠르게 일곱 번 깜빡이며 이러면 좋은 일이 찾아온다는 대답을 남겼을 뿐이다. 이러한 헌신과 작업에 대한 열정으로 김성환은 직영 반장이 구해질 때까지 3주간의 공백을 거의 완벽하게 메꾸었으며 본사 건축팀장 박성근의 전폭적인 신뢰를 얻게 된다.

1년밖에 남지 않은 공사 기간과 세간에 알려진 기본 단가보다 현저히 적은 월급 덕에 직영 반장이 구해지는 데에는 3주의 시간이 걸렸다. 그렇게 알음알음으로 찾아온 것이 무촌의 검은 빠루 64세의 이순철이었고 이순철은 직영 반장으로 부임하자마자 현장을 한 바퀴 둘러본 뒤 크게 한숨을 내쉰다. 그때 그에게 현장을 소개하던 김성환은 문득 불길한 예감을 느끼게 되는데 그 예감의 정체가 무엇이었는지를 알게 되는 것은 그로부터 2일이 지난 뒤였다.

"너 이 새끼 일을 그따위로밖에 못 해?"

이순철의 일갈에 김성환은 대답 없이 생각했다.

'이 자가 나를 잡아먹으려 드는구나.'

당시 이순철의 지시를 받고 김성환이 하던 작업은 복

잡한 일이 아닌 싸리 빗자루로 바닥에 쌓인 분진을 쓸어 눈삽으로 퍼 올리는 간단한 작업이었다. 현장에 처음 온 사람도 배우지 않고 할 수 있는 일이었고 별다른 기술이나 요령이 필요한 일도 아니었으나 이순철은 마치 부모를 죽인 원수라도 만난 것처럼 욕설을 내지르며 역정을 부렸다. 그런 그의 모습을 보며 김성환은 생각했다.

'이것은 내가 감당해야 할 화가 아니다.'

그는 즉시 눈삽을 들어 담겨 있던 먼지들을 마대에 담지 않고 그저 바닥으로 흩날려버렸다. 고성을 지르는 이순철을 뒤로하고 하이바를 벗어 바닥에 집어던지고 창고로 가서 짐을 챙긴 뒤 인사도 남기지 않은 채 집으로 갔다. 2년 6개월, 그가 무촌 아마릴리스에서 일한 기간이었다. 현장 내부 사정을 누구보다도 속속들이 알고 있던 그가 갑자기 사라지자 이순철은 당혹스러웠다. 김성환에게 여러 통 전화해 보았지만 그는 전화를 받지 않았다. 현장이 잘 돌아가지 않자 건축팀장 박성근 또한 김성환에게 연락을 취했지만 김성환은 답이 없었다.

2

책상에 앉아 있던 이순철은 노란 믹스커피를 꺼내 입에 물었다. 정수기에서 종이컵에 뜨거운 물을 반쯤 담고 물고 있던 믹스커피를 뜯어 가루를 부은 뒤 커피 봉다리로 휘휘 저었다. 커피 봉다리에 묻은 커피를 입으로 쪽쪽 빨아 먹은 뒤 종이컵에 담긴 커피를 한 모금 입에 물었다. 뜨거웠다.

'이럴 때일수록 차가워져야 한다.'

정수기에서 찬물을 조금 더 부어 커피를 식혔다. 그렇게 떠났던 그가 무슨 연유로 어떤 심경으로 돌아오는지 그는 알지 못했다. 새벽마다 인력사무소에서 핸드폰으로 발송해 주는 금일의 출력 명단에서 그의 이름을 발견했을 때 두 눈을 의심했다. 동명이인이겠지, 그는 생각했지만 굳은 공구리도 두들겨보고 건너자는 말처럼, 확실하게 단도리해 두는 것이 좋겠다는 생각에 인력사무소로 답문을 보냈다.

－김성환은 신규입니까?

－아뇨~ 예전에 거기 오래 나가던 사람이에요.

왜 돌아오는 겁니까? 하고 답문을 썼다가 지웠다. 인력사무소 소장도 알지 못할 일이었고 이순철 본인도 답을 알 수 없는 일이었다. 알 수 없는 일에 답을 찾으려는 자신이 어리석게 느껴졌다. 다시 핸드폰을 들어

－김성환은 출력 취소해 주세요.

라고 적었다. 발송 버튼을 누르려는 것을 한참 머뭇거리다 썼던 문자를 지운 뒤 미지근해진 커피를 한입에 들이마셨다. 커어어어어어억~ 하고 치밀어오르는 가래를 모아 종이컵에 뱉은 뒤 손으로 구겨 버렸다. 7시가 가까워지자 얼굴이 익숙한 일용직 인부들이 하나둘 창고 문을 열고 들어서며 인사를 했다. 창고 한쪽 바닥에 마대를 깔고 가방을 놓은 뒤 작업복으로 갈아입는 모습을 지켜보는 그의 마음은 초조했다. 사실 그가 김성환이 돌아오는 것을 두려워하는 이유는 따로 있었다. 출근하기로

한 일용직 인원들이 전부 모였으나 김성환은 보이질 않았다. 오지 않으려나 보구나, 그는 내심 안도했다. 하이바를 뒤집어쓰고 안전벨트를 착용한 뒤 일용직들을 이끌고 조회 장소로 이동했다.

아침 7시, 하이바를 벗어놓고 국민체조를 시작했다. 동작에 힘이 들어가지 않아 팔다리는 허우적댔고 허우적대는 궤도를 따라 몸은 휘청거렸다. 배에 힘을 바싹 주고 뜀뛰기 운동의 동작을 수행했다. 이미 닳을 대로 닳은 무릎의 관절이 시큰거렸으나 그는 개의치 않고 누구보다도 높이 뛰었다. 국민체조가 끝난 뒤 단상에 선 안전관리자가 그날의 작업 사항을 설명한 뒤 말을 덧붙였다.

"세대 안에서 똥을 싸시는 분들이 간혹 있습니다. 우리 인간으로 태어났으면 인간으로 살아가야지 짐승이 되지는 맙시다."

사람들은 낄낄거렸다. 23층까지 올라간 건물에 층마다 화장실을 구비할 수 없었고 대변을 보려는 작업자들은 1층까지 내려와야 했다. 내려오는 것이 귀찮거나 변의가 급한 작업자들은 세대 안에서 대변을 봤다. 일개 그나마 양심 있는 이들은 청소하는 인원들이 치우기에 용의하도록 박스나 마대를 깔고 대변을 보고는 했으나 그냥 바닥에 볼일을 보는 이들도 있었다. 분명 외국인 노동자들의 행각일 것이라고 사람들은 수군댔으나 그것은 알수 없는 일이었다. 알 수 없는 일일수록 사람들은 이런저런 말들을 덧붙였고 말들이 덧붙을수록 그것은 사실과는 점점 멀어져만 가 어리석어 보였다. 똥 같은 새끼들, 이순철은 생각했다.

'왜 돌아오는 것이냐.'

다시, 알 수 없는 일로 생각이 돌아섰다. 이순철은 애써 고개를 저었다. 어리석구나, 라는 생각이 들었으나 어리석은 것이 누구인지는 떠오르지 않았다. 쫓겨나듯 떠나고도 다시 돌아오는 김성환인가, 매일 나를 죽일 듯이 잡아먹으려 드는 건축팀장 박성근인가, 그새를 참지 못하고 세대 안에 똥을 싸놓는 누군가인가.

"우리 인간으로 삽시다. 짐승이 되지는 맙시다."

단상에 서 있던 안전관리자는 다시 말했다. 그는 눈을 질끈 감은 채로 인간이 아닌 짐승이 되어야만 했던 나날들을 떠올렸다. 현장에서 성화를 부려 쫓아낸 일용직 인부들은 많았다. 작업이 많은 날에는 스무 명 가까이 되는 일용직 인부를 불러야 하는 날들도 있었다. 혼자서 감당하기 어렵다고 느껴지는 날이면 그는 아침부터 언성을 높이며 화를 냈다. 가장 만만해 보이는 한 명을 붙잡고 이런저런 트집을 잡으며 소리를 질렀다.

"일하기 싫어? 그럼 씨발 그냥 집에 가. 왜 기어 나와서 아침부터 분위기 망치고 그래. 용역 나왔으면 하루 대충 때울 생각하지 말고 내 일처럼 열심히 해야지."

감당하기 어려운 인원을 감당해야 할 때 그 버거움을 이겨내는 방법을 몰랐다. 소리를 지르고 화를 내는 것이 그가 할 수 있는 유일한 수단이었고 그는 점점 더 이 방법에 의지하고 집착하고 있었다. 현장에 고정으로 나오던 일용직 한석진 씨를 쫓아낸 것은 그의 명백한 실수였다. 한석진은 37세의 유부남으로 무역회사에서 창고 관리직을 하다 아내의 발병으로 일을 그만두었다. 아내의 병세가 위급해지면 언제든지 집으로 가서 병원에 데려갈 수 있도록 가까운 현장에서 일해야 했고 그것이 이 무촌 아마릴리스였다. 순박해 보이는 한석진의 표정과 말투에서 이순철은 먹잇감을 찾은 듯했다. 일용직 인원의 통제가 어렵다고 느껴지는 순간마다 그는 한석진에게 화를 내고 욕을 해서 분위기를 험악하게 만들었다. 나는 언제든 너희들을 집으로 쫓아낼 수 있는 사람이다. 두 번 다시 이 현장에 발도 붙이지 못하게 하겠다며 으름장을 놓았으나 정작 당일의 작업 인원이 한 명이라도 줄어들면 고달파지는 것은 이순철 자신이었다. 공사 기간이 1년 남짓 남은 현장에 뒤늦게 들어와 초반에 당황하던 자신을 은근히 무시하는 본사 관리자들에 대한 억눌린 감정도 한석진에게 풀었다. 무촌의 검은 빠루 이순철은 어느 날 한석진에게 해서는 안 될 말을 하게 된다.

"니가 그렇게 힘이 없고 비리비리하니깐 니 새끼 와

이프가 아픈 거야. 너 밤일도 잘 못 하지?"

한석진의 눈빛에 살기가 서렸지만 그는 뭔가를 생각하는 듯하더니 이내 슬픈 표정으로 이순철을 바라보았다. 이순철은 자신을 바라보는 그 한석진의 슬픈 표정이 두려웠다. 차라리 자신처럼, 화를 내고 달려들기를 바랐다. 현장에서 객기에 가까운 화를 내다 멱살을 잡힌 적도 있었다. 42세의 김주명은 동대문에서 옷 장사를 크게 하다 사업의 실패 후 일용직으로 일을 시작한 남자였다. 어느 날 이순철의 욕설에 그는 달려들어 이순철의 멱살을 잡아 들어 올렸다. 노쇠하고 가냘픈 이순철의 몸이 콘크리트 바닥에서 한 뼘은 떠올랐다.

"이 씨발 새끼가 어디다 대고 병신이래. 나도 나이가 마흔이 넘었어, 이 새끼야."

허공에서 이순철의 몸은 바람 많이 부는 날 휘날리는 천막처럼 힘없이 흔들거렸다. 김주명이 이순철을 바닥에 내려놓을 때 이순철은 현장용 엘리베이터인 호이스트에 탄 기분이었다. 분이 안 풀린 듯 주먹을 쥐고 자신을 내려치려 할 때 그는 얼른 두 팔을 들어 얼굴을 가렸으나 주먹은 날아오지 않았다. 김주명은 씩씩대며 짐을 챙겨 집으로 갔고 2주 뒤 현장에 다시 모습을 보였다. 스무 살도 넘게 어린 김주명이 이순철에게 욕하고 화를 냈지만 이순철은 웬일인지 김주명이 현장에 일하러 오는 것을 막지 않았다. 사람들은 의아해하며 저마다 수군댔다. 누구도 정확한 이유는 알 수 없었다. 그런 김주명도 현장에 다시 들인 이순철이였지만 한석진만은 인력사무소 소장에게 연락해 더 이상 현장에 보내지 말 것을 명했다. 일용직 인부들이 쉬는 시간마다 머리를 맞대고 김주명과 한석진의 차이에 대하여 열띤 토론을 벌여도 답은 알 수 없었다.

그가 돌아왔다. 조회를 마치고 창고로 돌아와 문을 열자 익숙한 얼굴이 눈에 띄었다. 김성환이었다. 그는 유독 얼굴이 핼쑥해져 있었다. 어디 뭐 곰빵이라도 하고 왔나? 하는 생각이 들었다. 그도 고개를 들어 이순철을 바라보았다. 김성환이 고개를 살짝 끄덕여 목례했고 이순철은 애써 무시하며 책상에 가서 앉았다.

"아저씨, 그렇게 늦고 그러면 안 돼요. 조회에 참여해야지. 일 안 하고 집에 가고 싶어요?"

이순철은 김성환을 기억했으나 일부러 아저씨라고 불렀다. 김성환은 말이 없었다. 이순철은 그러한 김성환의 침묵이 더욱 불안했다.

"오늘 작업은 지상 1층부터 올라가면서 청소할 거야. 다들 눈삽하고 빗자루 하나씩 챙겨."

사람들이 장비를 챙기고 이동했다. 현장에 널브러진 자재들을 정리하고 빗자루로 분진을 쓸어 담았다. 일을 하며 김성환이 다른 일용직 인부에게 말을 걸지는 않는지 몰래 훔쳐봤다. 직영 반장의 무덤이라고 불리던 무촌 제17구역 아마릴리스에는 이제 오려고 하는 직영 반장이 없었다. 공사 초기부터 일하면 3, 4년을 한 현장에서 꾸준히 일할 수 있었지만 1년 남짓 남은 공사 기간으로는 퇴

직급 받기도 어려울 것 같아 직영 반장들은 오는 것을 꺼렸다. 낮은 단가도 문제였다. 말이 직영 반장이지 일용직으로 일을 하는 뜨내기 인부들과 일당이 5,000원밖에 차이 나지 않았다. 현장에서는 직영 반장으로 일을 할 사람이 시급했기에 누구라도 불러와야 했다. 그것이 이순철이었다. 이순철은 직영 반장으로 일해본 적 없이 20년간을 일용직으로 노가다판을 떠돌다가 기회를 잡았다. 자신을 불러주는 곳은 처음이었다. 이것저것 가릴 처지가 아니었다. 직영 반장으로 일해본 적이 없다는 말에 관리자들은 이순철을 깔보고 무시했다. 오히려 무슨 일이 생기면 이 현장에 오래 있었던 김성환을 찾았다. 이틀 정도를 지켜본 뒤, 이순철이 출근 후 가장 먼저 한 일은 김성환을 쫓아내는 일이었다. 건축팀장 박성근이 그분 어디 가셨냐고 물어왔을 때 이순철은 말했다. 나는 몰라요. 관리자와 친한 김성환이 자신이 20년 넘게 일용직으로만 일했다는 것을 사람들에게 말하고 다닐 것이 두려웠는지도 모른다. 할 수만 있다면 갓따로 반생이를 끊어 그의 입을 묶어버리고만 싶었다.

빗자루로 쓸어낸 쓰레기가 바닥 한쪽에 모여 있었다. 일용직 인부들은 빗자루로 쓸어놓고도 이를 치우지 않았다. 예의 그 화가 치밀었다.

"아니, 씨발. 이건 언제 치우려고 놔두고 있어? 이런 거 하나하나까지 내가 말해줘야 해? 일용직 새끼들은 하여튼."

그때였다. 멀리서 한 손에 눈삽을 들고 있던 김성환이 천천히 걸어왔다. 아니, 아저씨 말고, 하려는데 김성환의 눈빛이 번뜩여 이순철은 말을 더 이을 수 없었다. 모인 쓰레기 더미 앞에 선 김성환이 눈삽을 치켜들었다. 허리를 숙여 쓰레기를 퍼담았는데 그때 그 눈삽이 그린 호의 궤적은 세상 무엇보다도 비교할 수 없을 만큼 빛나고 아름다웠다. 이순철은 저도 모르게 입을 멍하니 벌리며 생각했다.

아름답구나.

최소 세 삽은 퍼야 다 치울 수 있을 것 같았던 쓰레기
더미는 김성환의 삽질 한 번으로 전부 자취를 감추고 사
라졌다. 김성환은 쓰레기 더미가 담긴 눈삽을 들고 이순
철을 바라보았다. 올 것이 왔구나, 이순철은 눈을 질끈
감았다. 이제 끝이다. 모든 것이 들통나버릴 것이다. 전부
틀렸구나, 하는 생각을 하고 있는데 김성환의 입가가 움
찔거리는 것이 보였다. 이순철은 자신의 몰락, 그 마지막
순간을 그 작은 뱁새 눈을 똑바로 뜨고 지켜볼 작정으로
김성환의 입을 바라보았다. 김성환은 웃었다. 그가 그렸
던 눈삽의 궤적처럼, 아름답고 처연하기까지 한 미소였
다. 무촌의 검은 뻐루 이순철은 자신도 모르게 무릎을 꿇
었다. 저 새끼 왜 저래? 하고 다른 인부들이 바라보았으
나 그런 것 따위는 신경 쓰이지 않았다. 아마릴리스의 또
다른 꽃말은 침묵. 이는 말이 필요 없는, 사나이들 사이
의 땀과 눈물의 대화였다. 이순철도 김성환을 보며 웃었
다. 멀리서 타설에 모든 것을 쏟아부은 레미콘 차가 달려
왔다. 현장은 이내 차량이 일으킨 흙먼지로 휩싸여 한 치
앞을 분간할 수 없었지만 이순철은 김성환의 미소가 밝
게 빛나는 것을, 끝없이 바라보았다.

아버지의
영화

부엌에서 달그락거리는 소리가 들렸다. 이제는 훤해져 천장에서 쏟아져 내리는 형광등 불빛을 있는 그대로 튕겨내는 아버지의 대머리가 반짝이고 있었다. 머리숱이 얼마 남지 않았는데도 굳이 달마다 동네 이발소에 가서 머리를 손질하는 까닭을 그 누구도 이해하지는 못했다. 아마도 얼마 남지 않은 것일수록 소중히 여기려는 기질이 사람들에게는 있는 모양이었으나 아버지가 포마드를 구입했을 때는 그를 가장 잘 이해하는 어머니마저 낮은 탄식을 내뱉었다.

아버지는 이발소 의자에 앉으며 무슨 말을 할까. 짧게 다듬어 주세요, 라고 이야기를 할까 아니면 숱만 살짝 쳐주세요, 라고 이야기를 할까. 나는 그것이 못내 궁금했지만 물어보지는 않았다. 이발사는 그 머리를 보며 무슨 생각을 할까. 아마 1, 2분이면 사실상 머리 손질은 끝날 것이지만 그는 신중함을 잃지 않았을 것이다. 전문가이니, 머리를 자른다는 실제적 행위보다는 머리를 자른다는 느낌, 그러니까 고객이 머리를 손질받고 있다는 느낌을 충분히 받는 것에 충실했을 것이다. 서비스직이란 사실 그런 것인지도 모른다. 실제로 어떤 대접을 받는지보다는 대접을 받고 있다는 느낌에 충실하는 것.

싱크대 앞에서 트렁크 팬티만 입은 채로 꽃무늬 앞치마를 하고 있는 그의 모습을 보는 일은 애처로웠다. 노년을 이유로 아파트 경비원 자리에서 실직 후, 보험 영업일을 하시는 어머니에 의해 가정은 꾸려져 갔다. 어떠한 대화나 타협의 과정도 따로 진행되지 않았으나 암묵적으로 아버지는 집안일을 하기 시작했다. 빨래 바구니에 모인 세탁물들을 세탁기에 넣어 돌리거나 설거지를 하고 반찬을 해뒀다. 반찬은 대체로 짰고 때때로 달았으며 그리고 맛이 도통 없었다. 퇴근하고 오신 어머니는 인상을 쓰며 숟가락을 내려놓고 조용히 밥상을 물리고는 했는데 그건 내가 몇십 년 동안 봐왔던 아버지의 모습이었다. 어머니는 매달 일정 금액을 생활비로 아버지에게 송금했고 아버지는 그 돈으로 집 안에 필요한 물건들을 구입했다. 가계부를 적었으며 월말이면 어머니에게 확인받고는 했는데 이는 내가 수십 년 동안 봐왔던 어머니의 모습이기도 했다. 단지 역할이 서로 달라졌을 뿐이다. 한때 크지는 않아도 나름 내실이 있는 사업체를 운영하며 수십 명의 직원을 거느렸던 그였지만 이제는 집에서 기침 소리조차 제대로 내지 못한다.

"태블릿을 하나 구해줄 수 있니?"

어머니가 말씀하셨다. 평소 걷는 일이 많으신지라 관절에 통증을 많이 느끼시는 어머니는 퇴근 후 집에 돌아오시면 핸드폰 화면을 보며 스트레칭이나 요가 동작을 따라 하고는 하셨다.

"동네 주민센터에 강좌가 있기는 한데 시간도 안 맞고 집에 오면 피곤해서 다시 밖에 나가기가 싫네."

집에 형네 부부가 놀러 왔을 때 조카 다은이가 보던 태블릿을 유심히 지켜보시던 게 떠올랐다.

"핸드폰 화면으로 보고 하면 되긴 하는데. 화면이 작아서 잘 안 보이기도 하고 눈도 침침해서."

유튜브만 볼 수 있으면 돼, 유튜브만. 어머니의 말씀에 알겠어, 대답한 뒤 인터넷의 저가 태블릿과 해외 직구 방법들을 머릿속으로 떠올렸다. 그때 의기소침하게 지내던 아버지의 눈빛이 순간 번뜩였다.

"뭐하게. 요가 하게?"
"응. 당신이 하나 사주게?"
"아니, 아니. 기다려봐. 내가 하나 만들어줄게."

어머니는 이게 대체 무슨 소리인가 하는 표정으로 아버지를 미심쩍게 바라보다가 이내 내게 몰래 눈짓을 했다. 네가 그냥 하나 알아봐.

아버지는 놀랍게도 그날부터 그림을 그리기 시작했다. 그러니까 설거지하고 청소기를 돌리고 세탁기로 빨래하는 틈틈이 책상에 앉아 공책을 펴고 볼펜으로 뭔가를 그리기 시작했다는 말이다. 때로는 무서울 정도로 열중했는데 나중에 몰래 들여다보니 주로 이런저런 동작을 하는 사람의 모습이었다. 처음에는 형체를 쉽게 알아볼 수 없을 정도로 인체 비율이 맞지 않는 그림들이었으나 시간이 갈수록 조금씩 사람의 모습을 띠기 시작했다. 그래 봤자 아직 유치원에 다니는 조카 다은이의 그림과는 다를 게 없는 그림이기는 했다. 우리 집안에 특별히 예술가적 기질을 가진 이가 있다는 소리는 들어본 적이 없으며 아버지가 젊은 시절 그림에 남몰래 뜻을 품고 있었으나 생계를 위해 청운의 꿈을 버리고 사업을 시작했다는 이야기 또한 들어본 적이 없었으니 이러한 아버지의 열정은 언뜻 보기에 이해가 쉽게 가지는 않는 일이었으나 그는 열심이었다. 꽃무늬 앞치마를 하고 분홍색 고무장갑을 손에 낀 채로 설거지하며 핸드폰으로 요가나 스트레칭 영상을 보며 연구했으며, 거울을 보며 자신이 직접 그러한 동작들을 시연해 보면서 팔의 각도나 관절의 움직임 등 세세한 자세들을 익히기도 했다. 그러는 동안에 그의 화풍은 점점 발전을 보여 점, 선, 면으로 이루어진 단순한 데생에 불과했던 그림들이 놀랍게도 점점 입체감이 생기기 시작했으며 인체는 비율을 이루었다. 최재천 화백은, 이는 어머니가 그림에 열중하는 아버지를 놀리듯 칭하던 말이기도 하다, 사람의 머리 부분을 먼저 그린 뒤 인체를 다양한 동작으로 묘사한 후 얼굴에 이목구비 그려 넣기를 즐겨 했는데 특히 마지막에 눈동자를 그려 넣었을 때 그 표정의 생동감은 마치 살아 있는 사람을 보는 것 같아 한번은 나도 모르게 노트에 그려진 인물을 보며 말을 걸 뻔도 했을 정도였다. 이를 박옥순 여사, 우리 어머니다, 께서는 화곡동의 화룡점정이라 놀리듯 칭하기도 했다. 점과 점을 이은 선에서 선과 선을 이은 면으로, 또 그 면들이 맞물려 이뤄내는 입체감을 통해 나는 이를테면 하나의 세포에서 두 개의 세포로, 또 네 개의 세포로 분열하며 결국에는 인간의 형태가 되는 인류의 탄생 과정 같은 것들을 떠올리고는 했다. 반면 아버지께서는 어머니에게 지급받는 생활비 외에는 일정한 수입이 없었기 때문에 작품활동에 들어가는 소소한 재료비들, 이를테면 모나미 153 볼펜 한 다스나 공책 같은 것들을 빠듯한 생활비로 감당할 수 없었기에 나에게 부탁하기 시작했다.

"아들아. 내 부탁이 있다."

"뭔데요."

"문방구 가게 5,000원만 다오."

아버지의 영화

"아, 돈 없어요. 이번 달은 저도 빠듯해요."

내가 거절할 때마다 그는 잔뜩 풀이 죽은 표정으로 안방 침대 끝에 어깨를 잔뜩 움츠린 채로 무릎을 안고 쪼그려서 걸터앉아 있거나 TV도 틀어놓지 않은 채로 멍하니 누워 있고는 했는데 그 모습이 애처롭다기보다는 꼴보기 싫었기 때문에 어쩔 수 없이 인터넷으로 노트와 볼펜을 주문해 주었다. 이를 어머니에게 토로하자 어머니께서는

"내버려둬. 오랜만에 저렇게 신나는 거 보니 보기 좋잖니. 눈에 생기도 돌고."

라며 요가 매트 위에서 스트레칭을 하며 말했다.

내가 즐겨보던 만화책에 트레이싱지를 대고 따라 그리던 초보적인 아버지의 화풍은 어느덧 자신만의 독자적인 연구를 통해 동서양을 아우르는, 이를테면 검은 먹의 짙고 옅음으로 원근의 은근함을 표시하는 동양의 수묵담

채화와 서양의 르네상스를 넘어 바로크 시대의 빛과 그림자를 이용한 명암의 극단적 대비와 역동적인 운동감을 표현하고 있었다. 물론 조카 다은이의 그림보다 조금 더 잘 그렸을 뿐인 실력이었으나 그의 작품 세계에서만큼은 확실히 월등한 발전을 보이고 있던 것도 사실이었다. 나는 그의 요구에 맞춰 크레파스와 색연필을 주문하면서도 틈틈이 내가 자본을 대서 후원하고 있는 이 가난한 예술가가 나태와 방종에 빠져 작품활동을 게을리하고 있는 것은 아닌지 몰래 공책을 들여다보며 감시하고는 했다. 각종 요가와 스트레칭 동작 이외에도 그는 노트 한 구석에 다른 것들을 그리고는 했다. 이를테면 자신이 예전에 운영했던 사업체의 공장 그림이나 그때 당시 타고 다녔지만 사업이 망하면서 팔아야만 했던 외제 차 같은 것들과 오래전에 돌아가신 할아버지의 얼굴이 서툰 솜씨로 그려져 있었다. 할아버지의 얼굴 밑에는 뭔가를 썼다가 지운 듯 글씨를 알아볼 수 없을 정도로 볼펜으로 덮여 있었는데 그 밑에는 '아버지 최순원'이라는 여섯 글자만 적혀 있었다. 나는 뒷장을 펴서 형광등 불빛에 비쳐 아버지가 지워버린 글자들을 확인해 보았는데 꾹꾹 눌러쓴 볼

아버지의 영화

펜 자국은 다음과 같았다.

　　그리운 아버지.

　　자신만의 화풍을 체득한 최재천 씨가 이제 무엇을 할지 나는 궁금해지기 시작했다. 그는 내 방 책꽂이에서 내가 대학 시절 보던 두꺼운 원서를 하나 가져오더니 귀퉁이에 차례로 그림을 그리기 시작했다. 이는 전국의 수많은 초등학생이 수업 시간에 즐겨 한다는 애니메이션 제작 기법으로 이미 나도 유년 시절에 여러 번 시도해 본 적이 있었기에 고개가 절로 끄덕여졌다. 차렷 자세를 하고 선 인물을 그린 뒤 팔다리를 조금씩 움직여 그려가는 그의 이마에선 땀방울이 하나둘 흘러내렸다. 그림 속 인물들은 누워 있거나 쪼그려 앉아서 요가나 스트레칭을 하기 시작했으며 표정은 항상 밝게 웃고 있었는데 밝은 표정을 그릴 때면 그도 왠지 모르게 어느덧 따라서 웃고 있었다. 인상을 쓰고 있는 건 이 모든 과정이 귀찮았을 뿐인 나 하나였다. 그림의 마지막엔 어김없이 그는 눈동자를 그려 넣었는데 이것은 화곡동 화룡점정…

"아들아."

"예."

"네가 넘길래 내가 넘길까."

"저요?"

며칠간의 제작 기간을 거쳐 열 가지 정도의 동작을
전부 그려낸 그는 핸드폰 카메라를 켠 채로 말했다.

"그래. 이제 촬영을 해야지."

"아, 아무거나요."

"그래? 그럼 네가 넘겨라. 내가 연출을 해야 하니깐."

두꺼운 원서 책의 한쪽 모퉁이를 붙잡고 그림이 움직
이는 것처럼 보이도록 차르륵 소리를 내면서 넘겼다. 아
버지는 핸드폰 카메라를 들고 이를 동영상으로 찍기 시
작했다.

"다시. 너무 빠르잖아."

아버지의 영화

몇 번의 디렉팅을 통해 나는 어느덧 아버지가 원하는 적정한 속도를 익힐 수 있었고 결국 열 개가량의 요가 영상이 제작되었다. 놀랍게도 엔딩 크레딧까지 있는 한 편의 완벽한 영상이었는데

감독/각본/촬영/제작　최재천

이라고만 올라가 있어 나는 속으로 분통을 터트렸다.

퇴근 후 영상을 보신 어머니는 매우 흡족한 표정이었다. 그러나 이 영상 시청에는 한 가지 크나큰 단점이 있었다. 작품의 완성에만 신경 쓰다 보니 상영할 플랫폼을 고려하지 못했다는 점이었다. 어머니는 예전처럼 핸드폰으로 보셔야만 했다. 얼마 뒤 일전에 내가 해외 직구로 주문해 두었던 중국산 저가형 태블릿이 도착하는 것으로 문제는 해결되었지만 어머니는 그전까지도 왠지 소중한 듯, 핸드폰으로 그 영상을 보며 운동하고는 하셨다.

그것으로 끝이라고 생각했던 그의 작품활동은 한동

안 계속되었다. 무엇을 하고 있는지는 몰라도 안방에서는 뭔가를 그리거나 자르고 가끔 무언가 말을 하는 소리가 들려오기도 했으며 내게 제작비를 요구해 오셔서 지갑을 열어야 했으나 나도 일상에 바빠 크게 신경을 쓰지 못했다.

두 달 뒤 어느 일요일, 상영회를 열겠다며 그는 온 가족을 소집했다. 오랜만에 보는 형과 형수님과 조카가 집에 찾아왔고 저녁 식사로는 오랜만에 어머니께서 소불고기를 만드셨다. 아버지는 뭔가 잔뜩 긴장한 듯한 표정으로 밥도 제대로 먹지 못하셨다. 식사를 마친 후 온 가족이 태블릿 앞에 모여 앉았다.

"그럼 이제 시작하겠다."

거실에 불을 끈 뒤 재생 버튼을 누르기 전 비장한 표정으로 아버지는 말씀하셨다. 재생되는 화면에 〈최재천 필름〉이라는 타이틀이 떠오르고 마찬가지로 손 글씨로 적힌

이라는 글자가 화면에 나올 때 강렬하게 풍기는 홍상수 영화의 느낌에 나는 입술을 지그시 깨물었다. 아마도 이런저런 영화들의 오마주들이 잔뜩 들어가 있을 것 같다는 예감이 들었다. 촬영 기법은 보다 발전하여 이전의 페이지를 넘기는 애니메이션 방식이 아닌 종이에 그림을 그려 직접 손으로 움직이며 대사를 말하는 방식으로 제작되었다.

이야기는 아버지의 유년으로부터 시작했다. 밤톨 머리를 한 꼬마가 책과 도시락이 든 보자기를 어깨부터 허리까지 사선으로 메고 산길을 신나게 뛰어갔다. 왕복 네 시간씩 걸려 학교를 오갔다는 그의 유년이 떠오르는 내용이었다. 어머니, 그러니까 나의 할머니께서 점심 도시락으로 감자를 삶아 주셨는데 5남 2녀 중 장남이었던 그가 동생들을 위해서 일부러 큰 감자를 양보하고 작은 감자를 싸갔던 일화가 흘러나올 때 아버지는 고개를 끄덕이며 흐뭇한 미소를 짓고 계셨다. 학창 시절의 몇 가지에피소드가 끝나고 이야기는 아버지의 군대 시절로 넘어간다. 자신을 지독히도 괴롭혔던 군대 선임이 아버지에게 철모에 머리를 박고 뒷짐 진 채 엎드려뻗쳐를 시키는 장면이 나올 때 수십 년이 지난 이후에도 분이 풀리지 않는지 이를 악물었다. 장면은 밤으로 넘어갔다. 모두가 깊게 잠든 내무반에서 침상 위에 누워 있는 그 선임을 분노에 가득 찬 표정으로 내려다보고 있는 젊은 시절의 아버지는 주먹을 쥐고 있었다. 한참 동안 선임을 노려보던 그는 고개를 절레절레 저으며 다시 자신의 침상에 가서 눕고 담요를 머리 위까지 올려 덮는다. 그때 잠든 줄로만 알았던 그의 선임이 슬며시 눈을 뜨고 고개를 돌려 누워 있는 아버지를 바라보며 조용히 한숨을 내쉬는 장면에선 아버지의 작가주의적 면모까지 엿볼 수 있었다. 이후로 어머니를 맞선을 통해 만나고 어머니가 아버지를 쫓아다니는 장면이 나오자 어머니는 저것은 사실과는 다르다며 입을 삐죽 내밀기도 하셨다. 신혼여행으로 간 제주도의 한 유채꽃밭 한가운데에서 어머니와 아버지가 같이 사진을 찍는 장면은 아버지가 가장 공들인 장면 중의 하나로 수작업으로 그려낸 노란색의 유채꽃들이 일품이었다.

아버지의 영화

서울로 상경하여 사업체를 운영하는데, 어느 날 검은 정장을 입은 사람이 공장에 방문하게 된다. 이 장면은 누가 봐도 명백한 할리우드 영화 〈인터스텔라〉의 오마주로 보이는데 아버지는 웃으며 그를 반기고 있었고 그 장면을 보고 있는 화면 한쪽의 또 다른 아버지는 계속해서 소리치고 있었다.

"그놈을 믿어선 안 돼! 그놈은 아주 나쁜 놈이야!"

그러나 결국 아버지는 그가 내민 계약서에 사인하게 되고 이후로 이어지는 내용은 이미 여러 번 아버지가 술을 드실 때마다 반복해서 했던 이야기라 익숙한 내용이었다. 공장이 다른 사람 손으로 넘어가던 날, 아버지는 밤중 차를 달려 홀로 시골의 한 선산으로 찾아간다. 이 장면의 연출은 액션 영화의 자동차 추격 신과 닮아 있었는데 입으로 우우우우웅~ 소리를 내 빠른 속도감을 나타내며 다른 자동차들을 이리저리 제치는 장면은 지금 생각해 봐도 조금은 과잉된 연출이 아닌가 싶다. 차를 몰고 아버지가 도착한 곳은 아버지의 아버지, 나의 할아버지의 산소였다. 아버지는 그 앞에서 무릎을 꿇고 고개를 숙인 채 울고 있었다. 이건 가족들 누구도 한 번도 들어 본 적이 없는 이야기였다. 어머니마저 눈을 반짝였다. 나는 그가 무슨 생각을 하고 있을지 궁금했다. 아버지에 대한 그리움일까. 원망일까. 누구에게든 무슨 말이든 듣고 싶었을까. 기대고 싶은 어깨가 필요했을까. 어느덧 온 가족이 몰입해서 화면 속 아버지를 보고 있는데 이윽고 아버지의 눈물 가득한 얼굴로 클로즈업되었다. 아버지는 입술을 조금씩 움직이며 무언가를 말하고 있었다. 우리는, 그러니까 어머니와 형과 형수님과 조카와 나는 눈을 가늘게 뜨며 무슨 말을 하는 건지를 집중해서 보고 있었는데 뜬금없이 화면이 검게 전환되며 영화가 끝나고 엔딩 크레딧이 올라갔다. 다들 어리둥절해하고 있는데 아버지가 거실의 불을 켜며 말했다.

"박수는?"

아, 뭔데, 뭔데. 뭐라고 하신 건데요. 다들 물어보았지만 끝끝내 대답해 주지 않으셨다. 아마도 당시 보고 계시던 영화의 열린 결말에 심취하여 그런 엔딩을 낸 것이 아닌가 싶었다. 나는 투자자로서 아버지에게 다가가 물었지만 이것은 자본과는 무관한 일이라며 대답을 들을 수 없었다. 침대에 누워 곰곰이 생각해 봤다. 영화의 내용은 대체로 해야 했지만 하지 못했던 말들, 하고 싶었지만 할 수 없었던 이야기들, 하지 말아야 했지만 했던 실수들에 대한 이야기였다. 어쩌면 인생은 결국 그런 것의 연속인지도 모른다. 우리는 다시 일상으로 돌아가 어머니는 바쁘게 일하셨고 아버지는 꽃무늬 앞치마를 두르고 설거지하고 청소기를 돌리셨다. 영화는 비록 손익분기점은커녕 투자한 제작비조차 건지지 못했지만 영화가 끝난 뒤 아버지가 평점을 남기라며 가족들에게 나눠 준 작은 종이에는 그 누구도 쉽게 점수와 평가를 남기지 못했다. 나는 문득 이런 게 진짜 영화가 아닌가, 하는 생각이 들었다.

악 귀　일 기

***

"없어…."
"뭐가?"

갑작스러운 그의 말에 저는 그가 무언가 잃어버린 것이 있나 저도 몰래 주위를 살펴보았습니다. 그러다 그가 찾는 것이 무엇인지조차 모른다는 생각에 다시 고개를 들어 그를 바라보았습니다.

"나는… 없어…."
"뭐?"

당혹스러운 그의 말에 저는 그의 눈동자를 바라보았습니다. 블랙홀이 왜 검은색인지 아시나요? 그것은 그냥 이름에 블랙이 있기 때문만은 아닙니다. 모든 것을 빨아들이는 블랙홀은 빛마저도 흡수하기 때문입니다. 몇 년 전 서양의 한 기업이 세상에서 가장 검은색을 발명하였다 하여 세계적으로 화제가 된 일이 있었습니다. 색은 빛

악귀 일기

을 받아들여 그것을 반사시킴으로써 자기 고유의 특성을 뽐내는데 이 색은 그저 빛을 빨아들일 뿐입니다. 빛이 비쳐 생기는 그림자를 통해 사람은 깊고 낮음을 판단할 수 있다는데 그 깊이를 알 수 없이 그저 검을 뿐인 이 색을 처음 봤을 때 느꼈던 것은 어떠한 공포를 넘어서는 경외감까지 느껴지는 아름다움이었습니다. 그의 눈동자는 모든 것을 빨아들일 듯 검었고 깊이를 알 수 없어 두려웠습니다.

그는 고개를 숙였습니다. 너무나도 숙여 바닥에 닿는 것은 아닌가 걱정되는 순간 이윽고 흘러내리듯 바닥에 엎드렸습니다. 벌레가 기어가듯 조금씩 꿈틀거리며 그는 계속해서 중얼거렸습니다.

나는 없어.

***

지방에서 3년제 전문대를 졸업한 뒤 세상에 나온 저는 그저 막막한 기분이었습니다. 내던져졌다기보다는 내팽개쳐진 듯했습니다. 수능 점수에 맞춰 컴퓨터 공학과를 지원했고 학교에 다니는 동안에도 다들 속으로는 생각하고 있었지만 입 밖으로는 결코 꺼내 화두로 올리는 일은 없는 그 말이 머리를 맴돌았습니다. 아무 의미 없을 수도 있다. 물론 무리 중 눈치가 빠르고 머리가 잘 돌아가는 친구들은 학점 관리를 하여 조금 더 좋은 학교로 편입하는 이들도 있었습니다. 서울 4년제 대학 편입 시험의 합격자 발표날, 과 사람들이 축하의 의미로 마련한 술자리에 편입에 성공한 친구는 참석하지 않았습니다. 이를 두고 너무한 것이 아니냐는 말이 나왔습니다만 저는 아무런 대꾸도 하지 않았습니다. 고등학교 때부터 딱히 하고 싶은 것도 없었고 무엇을 해야 할지 어느 것을 잘하는지도 알지 못했습니다. 학교 성적도 평범했고 크게 눈에 띄는 일이 없는 아이였습니다. 그러다가도 문득 이렇게 살아가다가는 뭔가 큰일이 나버릴 것만 같다, 지금이

라도 뭔가를 바꾸어봐야겠다는 생각에 덜컥 겁이 나고는
했으나 무엇을 어떻게 바꿔야 할지는 알지 못했습니다.
그저 어영부영, 바다에 떠 있는 부표처럼 이리저리 흘러
왔을 뿐입니다.

"은미야. 무슨 생각을 그렇게 해?"

옆자리에 앉아 있던 선배가 말을 걸어왔습니다. 소주
잔에 소주가 70퍼센트가 담겼는지 80퍼센트가 담겼는지
어느 쪽이 주도에 옳은 일인지를 생각 중이었습니다.

"그냥…. 희선 선배가 왜 오늘 안 왔을까 생각하느라
고요."
"희선이? 그게 누군데?"

앞자리의 다른 선배가 핀잔을 주듯 말했습니다.

"야, 오늘 술자리 걔 때문에 만든 거잖아. 서울 4년제
에 편입 성공했다고."

"그래? 몰랐다. 이런 자리에 얼굴이나 한번 비쳐야 누군질 알지."

말을 걸어온 선배는 오늘 술자리가 누구 때문에 열린 건지도 모르는 듯했습니다. 저는 다시 소주잔을 내려다보았습니다. 안주 어딘가에서 떨어진 건지 작은 파 조각이 하나 떠 있었습니다. 너는 어디에서 와서 어쩌다가 여기까지 흘러오게 된 거니, 하고 혼자 볼멘소리를 내어보았습니다만 듣는 이는 없었습니다. 아무 의미도 없다. 제가 다니고 있는 학교는 그저 그런 정도의 학교였던 것 같습니다. 대기업에 취업한다든가 학문에 뜻을 품고 몰두하여 학자가 된다든가 하는 목표가 아닌 그저 어디로 흘러가야 할지 몰라 이리저리 떠다닐 뿐인. 고등학생들이 세상에 내팽개쳐지기 전 잠시 그 기간을 유예시켜주는 정도의 일종의 보호기관 같은 느낌이었습니다. 어른이 되기엔 어리고 청소년이라고 하기엔 너무 나이가 많은 어정쩡한 인간들. 세상이 아무 의미 없게 느껴진 것이 저뿐만은 아니었을 겁니다. TV 드라마나 영화에 나오는 대학생은 저희와는 조금 다른 존재인 것 같았습니다. 저 사람들은 진짜. 우리는 가짜. 실제로 살아서 숨을 쉬는 것은 우리인데도, 정작 누군가의 머릿속에서 상상되어 짜인 극본으로 훈련받은 배우들이 연기하고 있을 뿐인 화면 속 인물들이 진짜 대학생처럼 느껴졌습니다. 세상이 의미 없다고 느끼는 건 어쩌면 세상 속에서 제가 아무 의미 없는 존재이기 때문인지도 모르겠습니다. 그저 소주잔에 우연히 떨어진 파 조각처럼. 단 한 가지라도, 나를 불태울 만한 일을 찾을 수 있다면 그것을 향해 저를 던져보고 싶다는 생각을 했습니다.

"야, 찌개 식었다. 불 좀 켜봐."

가스레인지 앞에 앉은 남자 선배 하나가 밸브를 돌려 화력을 높였습니다. 일회용 부탄가스를 매개로 파랗게 타오르는 불꽃을 보며 저는 소주잔을 들어 다시 끓기 시작하는 찌개에 부어버렸습니다. 뭐하냐? 은미 왜 저래 벌써 취했어? 평소엔 얌전한 애가 술만 마시면 저래. 원성들이 들려왔습니다만 저는 배시시 웃으며 찌개에 빠진 파 한 조각이 잠겨 사라질 때까지 묵묵히 바라보았습니다.

***

    캠퍼스에 흉흉한 소문이 돌았습니다. 지역에서 질소 비료 사업을 통해 큰 성공을 이뤄 키우는 소가 200마리도 넘는다는 누군가의 삼촌이 사업차 투자자와 함께 읍내 노래방에 갔을 때 과 동기가 도우미로 나왔다는 소문이었습니다. 삼촌의 사업은 질소 비료이기도 했고 인근 관광지에 펜션을 20채나 소유해 관광객들의 돈을 쓸어 모은다는 이야기이기도 했으나 소문이 가리키는 대상은 과 동기 수연이로, 분명했습니다. 수연이는 175센티미터의 큰 키에 얼굴이 각이 졌으며 긴 생머리에 흰 티셔츠와 청바지를 즐겨 입는 수수하고 조용한 학생이었습니다. 사업을 한다는 삼촌이 어떻게 대학생인 수연이를 알아봤는지, 도우미 일을 하러 가면서 과 잠바라도 입고 간 건지에 대한 의문이 있었습니다만 소문은 눈덩이처럼 불어나기 시작했습니다. 방에 들어갔다가 뺑찌를 맞은 수연이가 탬버린으로 손님을 내려쳤다거나 술에 잔뜩 취한 손님을 한쪽 어깨에 둘러업고 노래방 사장님에게 한쪽 눈을 찡긋하며 윙크하고 나갔다는 둥 악질적이고 도무

악귀 일기

지 믿을 수 없는 내용들이었으나 사람들은 수연이가 지나갈 때마다 소문들을 들먹이며 뒤에서 낄낄대며 웃고는 했습니다. 제가 아는 수연이는 그런 아이가 아니었습니다. 쌍꺼풀 없는 눈이 콤플렉스라며 아르바이트를 해서 모은 돈으로 방학 때 쌍꺼풀 수술을 하겠다는 다짐을 학기마다 하면서도 밤마다 먹는 배달 음식으로 돈 모으기가 힘들다며 "다음 학기에는 꼭 달라진 모습으로 나타날 거니까 기대해" 하고 능청을 부릴 줄 아는 소박한 꿈을 가진 친구였습니다. 언젠가 한번 공강 시간에 같이 밥을 먹으러 갔을 때 학교 앞 다정 분식의 명물 메뉴인 돈가스를 곱빼기로 주문했다가 나온 음식을 잠시 들여다보더니 "나는 죄인이야. 이래서는 나와의 약속을 지킬 수 없어" 라며 절반을 잘라 저의 접시에 덜어주기도 했습니다. 저도 평소에 많이 먹는 편은 아닌지라 제 앞에 덜어진 돈가스의 반쪽을 바라보며 난감했지만 그녀의 꿈을 위해 조금이라도 도와야겠다는 마음으로 수연이를 바라보며 입을 굳게 다물고 눈에 힘을 주며 "이번에는 정말 해내는 거야 수연아" 하며 돈가스를 먹어 치운 적이 있었습니다.

집단은, 공격할 대상을 정하면 힘을 얻는 법입니다. 수군거림은 계속되었고 이에 뒤에서 욕하는 것만으로는 성에 차지 않은 무리 중 가볍고 잘 까불기로 유명하며 어디서든 나서는 것을 좋아하는 이들은 직접적인 행동을 보이기 시작했습니다. 인간관계와 커뮤니케이션이라는 3학점짜리 교양 수업 때였습니다. 수업 중 교수님이 잠시 쉬었다 하자는 말씀을 하셨고 저는 화장실에 다녀왔습니다. 강의실로 돌아왔을 때 킬킬대는 소리가 들려왔습니다. 수연이가 앉았던 책상 위에 탬버린이 있었습니다. 화장실에 갔던 수연이는 아직 돌아오지 않은 채였습니다. 저는 수연이가 돌아오기 전 탬버린을 치워둬야 할까? 아니면 누가 그랬는지 화를 내고 범인을 추궁해야 하나? 이런 고약한 장난을 하지 말라고, 사실 확인이 되지 않은 일에 모두가 모여들어 사람 하나 가지고 죽이려 들고 괴롭히지 말라고 말을 해야 할까? 저는 자리에 앉아 계속해서 고민했지만 결국 어느 것도 선택하지 못했습니다. 결국 화장실에 갔던 수연이 자리로 돌아왔고 마저 닦지 못한 손에 묻은 물기를 입고 있던 청바지에 쓱쓱 문지르다가 책상 위에 놓인 탬버린을 보았습니다.

악귀 일기

수연의 쌍꺼풀 없는 작은 눈이 놀랄 만큼 휘둥그레졌습니다. 그녀는 자리에 앉지 못하고 그저 책상 앞에 서서 탬버린만 바라보고 있었는데 저는 그것이 탬버린을 원망하거나 미워해서가 아니라 다른 곳에 눈을 돌릴 자신이 없었기 때문이라는 것을 알 것 같았습니다. 수연이는 한참을 서 있다가 책상 위에 있던 책과 노트와 필기도구를 들고 다니던 보라색 백팩에 집어넣었습니다. 그러고는 잠시 머뭇거리더니 탬버린을 챙겨 가방에 집어넣은 뒤 뛰다시피 강의실을 빠져나갔습니다. 수업을 재개하기 위해 돌아오는 교수님과 문에서 마주쳤습니다. "수연이 수업 안 끝났는데 어디 가?" 물으셨지만 그녀는 대답조차 하지 않고 뛰쳐나갔습니다. 뒤에서 누군가가 "쟤 노래방 콜 들어왔나 보다" 하고 이죽거렸고 주위에 있던 학생들이 킬킬거렸습니다. 저는 뒤를 돌아보고 누가 그따위 말을 지껄였는지 확인하고 그런 말은 하지 말아야 한다고 이야기해야 한다는 생각은 했으나 결국 뒤를 돌아보지도 말을 하지도 못했습니다. 그저 수연이가 앉았던 책상만 바라볼 수밖에 없었는데 다른 곳을 바라볼 용기가 없었기 때문입니다. 솔직하게 말씀드리자면 속으로는 내심 안도의 마음을 가지고 있었는지도 모릅니다.

내가 아니라서 다행이다.

이과답게 수학적 재능이 있어 노래방 애창곡의 번호를 기가 막히게 외운다는 소문도. 한 손에 탬버린을 세 개씩 들고 흔들 수 있는데 그 탬버린들에서 각기 다른 박자와 리듬으로 소리가 나 런던 필하모닉 오케스트라 못지않은 환상적인 연주가 펼쳐지는 타고난 도우미 체질이라는 소문도. 이런 추잡한 소문들의 주인공이 제가 아니라 다른 사람이라 다행이라는 생각을 마음속 한구석에서 하고 있었는지도 모릅니다.

수연이의 고독한 대학 생활은 이어져갔습니다. 말수는 적지만 사람들과 어울려 있기를 좋아했던 그녀는 혼자 강의를 듣고 혼자 공강 시간을 보내고 혼자 밥을 먹었습니다. 세 시간을 연달아서 수업하는 강의를 들을 때도 그녀는 절대 화장실에 가는 법이 없었는데 아마도 누군가가 또 탬버린을 올려놓거나 하는 못된 장난을 칠까 봐

악귀 일기

겁이 나서 그런 것 같았습니다. 한번은 공강 시간에 학생 식당에서 밥을 먹고 있던 수연이와 마주친 적이 있었습니다. 조명도 잘 들어오지 않는 구석에 앉아 동그란 쟁반 위에 담긴 돈가스를 포크와 칼로 썰고 있었습니다. 그러다 문득 그 모습을 무심코 바라보던 저와 눈이 마주쳤습니다. 소문이 돌고 난 이후 고개를 수그리고 다니기만 하던 수연이도 누군가와 눈이 마주친 것이 오랜만이라 놀랐는지 당황스러운 표정이었습니다. 그러다 문득 어떤 용기라도 낸 것인지 잠시 이를 악물더니 서둘러 돈가스를 자르기 시작했습니다. 처음에는 3분의 1 지점에 칼날이 서 있었는데 이내 마음을 고쳐먹었는지 고개를 좌우로 가볍게 흔든 뒤 돈가스의 절반 지점으로 칼을 옮겨 서둘러 잘라내기 시작했습니다. 조급했기 때문이었을까요. 칼날이 잘 들지 않았지만 수연이는 필사적으로 돈가스를 잘랐습니다. 얼마나 마음이 급했는지 삐뚤삐뚤 잘린 돈가스를 잠시 바라보더니 이윽고 굳은 결심이라도 한 듯 칼을 내려놓고 오른손으로 포크를 들어 잘린 돈가스의 정중앙을 찍어 들어 올렸습니다. 그러고는 제가 서 있던 쪽으로 돈가스를 내밀며 무언가를 말하듯 작게 입을 움직였습니다.

그녀와 저의 거리는 10미터 정도였고 그녀가 말을 너무나도 작게 했기 때문에, 그 목소리가 저에게까지 닿지는 않았습니다만 저는 그녀가 하려는 말을 알 수 있었습니다.

"같이 먹을래?"

그러고는 그 쌍꺼풀 없는 작은 눈으로 그녀가 지을 수 있는 가장 밝은 미소를 지어 보였습니다. 그녀의 눈가가 파르르 떨리는 것으로 보아 얼굴에 얼마나 많은 힘을 주고 있는 것인지 알 수 있었습니다. 사실 그녀가 하려던 말이 돈가스를 같이 먹자는 것 따위가 아니라는 것을 알 것 같았으나 정말로 무슨 말을 하려는 것인지는 알 수 없었습니다. 아니, 알고 싶지 않았지요. 알면 안 되는 말인 것만 같았습니다. 어떤 말은 시간이 지나가야만 이해할 수 있습니다. 그리고 알고 싶지 않은 채로 그저 시간이 어서 지나기만을 바라는 말들도 있지요. 저는 무슨 말이라도 해야 할 것 같아 입술을 움찔거렸습니다만 쉽게 목소리가 나오질 않았습니다. 아무 말도 하지 못한 채로 고개를 돌려 식권 발권기로 걸어갔습니다. 오늘 뭐 먹을래? 한식 메뉴 개구린데 돈가스 먹을까? 하고 옆에 있던 친구가 말을 걸어왔을 때 저는 고개를 세차게 흔들며 말했습니다.

"미안해."

그날 밤 제가 학교 수업을 마치고 기숙사로 돌아와 침대에 누웠을 때, 무슨 생각을 했는지 아신다면 아마 저를 경멸하실지도 모릅니다. 그러게 왜 맨날 똑같이 흰 티에 청바지만 입고 다녀? 살 빼고 예뻐지겠다면서 왜 맨날 돈가스만 먹어? 쌍꺼풀만 가지고 되겠어? 앞트임 같은 것도 좀 해야 하지 않을까? 혹시 수술할 돈 모으려고 정말로 노래방 도우미 나가는 거 아냐? 당근은 왜 맨날 빼놓고 먹지를 않지? 베타카로틴과 식이섬유가 얼마나 풍부한지도 모르나? 왜? 대체 왜?

저는 수연이를 미워하고 있었습니다. 아니, 미워할 만한 이유를 찾고 있었는지도 모르죠. 수업에 누구보다 열중하고 학교 앞 프랜차이즈 카페에서 마감 알바를 하고 있다는 걸 알고 있었으면서도요.

수연이에 대한 소문과 괴롭힘은 생각보다 간단한 사건을 통해 끝이 났습니다. 어느 날 백팩을 등에 메고 두 팔로는 전공책 두 권을 가슴에 안은 채 교정을 걷고 있던 수연이 앞에 까불기 좋아하는 한 남학생이 나타나 그녀를 멈춰 세웠습니다. 그러고는 자신이 얼마나 그녀를 좋아하는지, 그녀가 얼마나 힘든 시간을 겪고 있는지 잘 알고 있으며 기회를 준다면 자신이 그녀의 아픈 마음을 감싸안아 주고 싶다는 말을 했습니다. 뜻 모를 고백의 분위기에 지나가던 학생들이 그 둘의 주위로 둥글게 모여 섰습니다. 그 남학생의 친구 무리가 뒤에서 킥킥대며 필사적으로 웃음을 참고 있는 모습에 뭔가 불안한 마음이 들었습니다. 남학생은 장황한 고백을 마치고 들고 있던 가방을 열며 여기 너를 위해 꽃 한 송이를 준비했어, 말하며 가방을 열었습니다. 수연이의 당황스러워하는 얼굴

악귀 일기

한편에는 옅은 기대감 같은 것이 서려 있었습니다. 가방이 열리고 그의 손에 쥐어진 것은 꽃이 아닌 블루투스 노래방 마이크였습니다. 좌중에서 폭소가 터져 나왔습니다. 핸드폰과 페어링이 되어 있었는지 마이크에서 노래가 흘러나오기 시작했습니다. 안치환의 〈사람이 꽃보다 아름다워〉라는 노래였습니다.

지독한 외로움에 쩔쩔매본 사람은 알게 되지 음 알게 되지

그 슬픔에 굴하지 않고 비켜서지 않으며

하고 익살을 부리며 노래를 시작했을 때 야, 이 씨발 새끼야 하는 소리와 함께 샛노란 셔츠에 갈색 반바지를 입은 여학생이 달려왔습니다. 마이크를 뺏어 그의 친구들이 있는 쪽으로 집어 던지고는 남학생의 멱살을 잡으며 말했습니다.

"적당히 해야지, 씨발 새끼야. 정도를 모르냐, 정도를?"

복학한 지 얼마 안 된 미령 선배였습니다. 날이 시퍼
런 기세에 기겁하여 얼굴이 하얗게 질린 남학생들은 도
망치듯 떠났고 모여 있던 사람들은 하나둘 흩어졌습니
다. 그녀는 모든 것을 체념한 듯 그저 바라만 보고 있던
수연이에게 다가가 말했습니다.

"괜찮아, 별거 아냐. 그냥 세상에 이렇게 미친 새끼들
이 많구나 하고 생각해."

그 뒤로 종종 그 선배와 수연이가 같이 다니는 모습
이 교정에서 보였습니다. 같이 밥을 먹고 같이 수업을 듣
고 공강 시간에는 카페에서 아메리카노를 마시며 과제를
하기도 했습니다. 미령 선배는 소문의 출처를 쫓기도 했
습니다. 결국 수연이와 같이 조별 과제를 했던 자신의 남
자친구가 자료조사가 깔끔하고 섬세하다며 수연이를 칭
찬한 것을 질투한 한 여학생이 앙심을 품고 퍼트린 루머
라는 것이 밝혀졌습니다. 수연이는 다시 밝은 표정으로
학교를 다녔습니다만 얼굴 한구석에는 그늘 같은 것이
남아 있었습니다. 저는 그 그늘을 볼 때마다 마음이 아릿

해 오는 것을 느꼈습니다. 서먹서먹해졌던 친구들과 수연이가 다시 친분을 되찾고 가깝게 지내는 것을 보면서도 저는 그녀와 가까워져야겠다는 생각을 하지는 못했습니다. 그건 그녀도 마찬가지였던 것 같습니다. 간혹 복도에서 마주치더라도 어색하게 웃음 지으며 목례도 하지 않은 채 서둘러 지나치거나 핸드폰을 보는 척하며 못 본 척 지나가고는 했습니다. 이제는 많이 밝아졌지만 곁눈질로 바라본 그녀의 얼굴 한쪽에 드리운 그늘에 저는 왠지 책임이 있는 것만 같았습니다.

***

　어정쩡한 학점으로 졸업한 후, 저는 다시 이도 저도 아닌 채로 둥둥 떠다녔습니다. 애초에 대기업은 꿈도 꾸지 않았지만 중소기업에도 취직이 되지 않을지는 몰랐습니다. 여기저기 이력서를 넣어보아도 면접까지 가는 경우도 드물었습니다. 설령 서류 전형에서 합격해 면접을 보러 간다 해도 면접장에서 대번에 느낄 수 있었습니다. 아, 나는 구색 갖추기용이구나. 마치 저에게 별로 호감이 없는 상대와의 소개팅 자리에 나온 기분이었습니다. 무엇이든 말을 걸어준다면 열심히 대답해서 저라는 사람에 대해 설명할 준비가 되어 있었습니다만 그저 시큰둥 한 채로 급한 약속이라도 있는 듯 눈앞에 있는 음식만을 먹어 치웠습니다. 면접관의 질문은 옆자리에 앉아 있는 얼굴만 봐도 밝고 당당한 느낌의 지원자들에게 주어졌고 저에게는 꿈이 뭐예요? 같은 피상적인 질문들을 던졌을 뿐입니다. 저는 왜 어린아이들에게 꿈이 뭐냐고 앞으로 뭐가 되고 싶으냐고 물어보는 건지가 항상 궁금했는데 그건 사실 그들에게 별로 궁금한 것이 없기 때문이 아닌가 싶었습니다. 면접 준비를 위해 저는 수십 개의 회사의 연혁과 정보들을 외워갔지만 그들은 제가 어떻게 살아왔고 어떤 마음으로 살아가고 있는지는 궁금해하지 않았습니다. 사실 들여다봤다 하더라도 크게 감흥은 주지 못했을 겁니다. 그런 점에서는 서로를 자세히 알지 못한 채로 넘어간 것이 다행이라고도 할 수 있겠지요. 다만 저에게는 생계가 점점 곤궁해진다는 문제가 있기는 했습니다.

편의점에서 아르바이트를 하거나 식당에서 설거지도 했습니다. 호프집에서 서빙을 하기도 했습니다만 도무지 미래가 보이지 않았습니다. 대부분의 업장에서 최저시급을 받고 일을 했습니다. 연말이면 식당 벽에 붙어 있는 TV에서 최저시급 인상에 대한 논의가 흘러나올 때마다 사람들은 한마디씩 던졌습니다. 사장님은 최저시급 인상은 자영업자들을 다 죽이는 일이라며 빨갱이 새끼들을 다 잡아 족쳐야 한다고 화를 냈고 손님들은 국민들의 인기만을 얻으려는 정책으로 나라를 망하게 하는 망국의 길이라며 이에 동조하기도 했습니다. 물론 선진국들보다는 턱없이 낮은 금액이며 부자들에게 세금을 더 걷으면 충분히 감당할 수 있다는 말들도 있었습니다만 무엇이 옳은 말인지 저는 알 수 없었습니다. TV에서 나오는 말들은 TV에 나오는 진짜 '국민'들이나 알 수 있을 법한 말인 것 같았습니다. 간혹 정치인들이 '국민의 뜻으로' 같은 말들을 할 때면 저는 제 의견이 정말 거기에 담겨 있는지보다는 저 같은 사람도 국민의 한 사람으로 생각해 줄 것인지가 더 궁금했습니다.

손님들이 먹고 난 감자탕 냄비와 반찬 접시들을 쟁반에 담으며 제 시급이 500원 더 오르는 일이 나라를 망하게 하는 일인가에 대해 곰곰이 생각해 보았습니다만 답은 나오질 않았습니다. 흥미로웠던 점은 같이 최저시급을 받고 일하는 식당 이모들조차도 최저시급 인상에 대해 무조건 긍정적인 반응을 보이지는 않는다는 점이었습니다. 물론 내 월급이 오르면 좋기는 좋다만 하고 운을 뗀 이후로 그래도 나라를 먼저 생각해야지 하고 말을 맺었습니다. 저는 정치에 대해 잘 알지 못하기 때문에 그저 듣고만 있었을 뿐입니다. 새콤달콤 하나를 더 사 먹기 위한 나의 욕심이 나라를 망치게 하는 길이었나 하고 겁

악귀 일기

이 나기도 했습니다. 츄파춥스로 만족했어야 했는지 몰라, 하고 반성을 하기도 했습니다. 츄파춥스와 새콤달콤을 모아 집을 구하고 살아가는 일은 꿈처럼 아득하게만 느껴졌습니다. 차라리 지금 받는 월급을 모아 전부 츄파춥스와 새콤달콤을 사서 그걸로 집을 짓는 게 빠르겠다는 생각도 했습니다. 물론 집을 지을 땅을 구할 것도 큰 문제일 것이고 그걸로 집을 짓는다고 해도 개미와 벌레들의 습격에서 벗어나기는 쉽지 않은 일이겠지요. 그래도 완공만 한다 치면 과자로 만든 집이니 헨젤과 그레텔 정도는 홀릴 수 있을지도 모릅니다. 숲속에서 길을 잃은 불쌍한 아이들을 잡아먹으려는 못된 계획을 세우다 되레 화로에서 활활 타오르는 저를 상상해 보았습니다. 가난이 인간을 마녀로 만드는 걸까요? 마녀도 번듯한 집이 있고 면접관들이 그녀의 이력을 들여봐 주었더라면, 소개팅 자리에서 상대가 접시에 코를 박은 채 음식만 먹고 후다닥 도망가 버리지 않았더라면 그런 못된 마음은 먹지 않았을지도 모릅니다. 불길에 휩싸인 마녀의 이미지를 그려보다 문득 예전 술자리에서 소주잔에 빠져 있던 파 한 조각을 떠올렸습니다. 저는 도대체 어디로 가고 있는 걸까요.

당시에 만나던 남자친구는 소방 공무원이었습니다. 감자탕집에서 아르바이트하던 때였습니다. 일을 하다 보면 치근대던 남자들이 많았습니다. 딸 같아 보여서 그러는데 밖에서 따로 소주 한잔하자는 말을 들은 날에는 문장의 서술 구조에 대해 한참을 고민하기도 했습니다. 식당에서 추파를 던지며 말을 걸어오는 남자들은 대부분 50대 이상의 아저씨들이었습니다. 그럴 때면 저는 제가 이딴 인간들에게 추파를 받을 정도로 우스워 보이는구나 하는 마음에 치욕스러웠습니다. 당황해하고 있으면 사장님이 나와서 손님을 구슬리며 저를 도와주기도 했습니다만 어느 날에는 견디기 어려운 일이 있었습니다.

형형색색의 등산복을 입은 60대로 보이는 노인 넷이었습니다. 그날따라 유독 강권하게 술을 권해왔습니다. 제가 계속 바쁘며 일하는 중이라서 술을 마시기는 어렵다고 거절했습니다만 내 잔이 더럽다는 거야 지금? 하면서 화를 내기 시작했습니다. 주위의 시선이 쏟아졌습니

악귀 일기

다. 제가 어쩔 줄 몰라 하자 사장님이 다가와서 손님을 다독이기 시작했습니다. 소주 한 병을 서비스로 받고 나서야 손님의 성화가 조금 가라앉은 듯했습니다. 진이 빠져 주방 한구석에서 숨을 고르고 있던 그때 사장님이 다가와 말을 걸었습니다.

"은미 씨 좀 괜찮아?"

"네, 사장님. 죄송해요."

"아냐. 은미 씨 잘못이 아니지. 저 새끼들이 미친 새끼들인 거지. 나이 처먹고 뭔 짓거리야, 저게."

사장님은 머뭇거리다 말을 이어 나갔습니다.

"근데 있잖아, 은미 씨."

"네?"

"그게 나도 이런 말 하기는 좀 그런데. 그 손님이 권하면 술도 한두 잔씩 마시고 그럴 수는 없어? 그래야 가게 분위기도 좋고. 술을 아예 못 마시는 건 아니잖아."

"네?"

"이런 데서 일하면 술도 받아마시고 그럴 줄 알아야 하는 거야. 딸 같아서 한 잔씩 주고 그러는 건데 너무 마다하면 옆에서 보기에도 좀 그렇지."

사람이 유도리가 있어야지 유도리가, 하며 사장은 다시 만면에 환한 미소를 띠고 매장 안으로 들어갔습니다.

갑자기 숨이 잘 쉬어지지 않았습니다. 얼굴이 화끈거리고 심장이 두근거렸습니다. 찬물로 세수를 해보았습니다만 쉽게 증상이 가라앉지는 않았습니다. 좁은 공간에 있다는 것이 숨이 막힐 듯 답답했고 여기 있으면 안 되겠다는 생각이 들어 가게를 뛰쳐나왔습니다. 가로등 불빛도 잘 들지 않는 좁은 골목에 쭈그려 앉아 숨을 고르고 있는데 누군가가 다가왔습니다. 이번엔 또 누가 어떤 미친 소리를 하려고 하는 걸까, 더는 누구도 나를 건드리지 않았으면 좋겠다는 생각을 했습니다. 제발 그냥 가주세요. 제가 잘못했습니다. 저는 돌멩이입니다. 길가에 그냥 하릴없이 굴러다니고 있었을 뿐입니다. 제발 저를 못 본 척하고 지나가 주세요. 속으로 되뇌고 있는데 그가 제 앞

악귀 일기

에 멈춰 섰습니다. 뭔가를 쑥 내밀었습니다. 가게 테이블에 놓여 있던 갈색 냅킨 통이었습니다. 어이가 없어 허, 하고 헛웃음이 나왔습니다. 이걸로 눈물 닦으세요, 라는 말에 고개를 힘겹게 들어 올려다보니 덩치가 큰 20대 후반 정도의 남자였습니다. 근처 소방서에서 가끔 동료들과 회식하거나 저녁을 먹으러 와 눈에 익은 사람이었습니다.

"괜찮으세요? 상태가 안 좋아 보이셔서 따라 나와봤어요."

가끔 119에 비슷한 증세로 전화하는 사람들이 있다고 했습니다. 숨이 잘 안 쉬어진다고 말을 하자 바다에 있다고 생각해 보세요, 그가 대답했습니다.

"바다요?"

사람들의 발길이 잘 닿지 않은 이국의 해변. 새하얀 모래사장과 천천히 출렁이는 파도. 그 위를 유유히 날아

다니는 갈매기 같은 것들을 떠올려보라고 했습니다.

"야자수 아시죠. 야자수?"

"네."

"막 그런 엄청 평화로운 해변을 한번 떠올려보세요. 파도 소리랑요. TV에 나오는 외국의 유명한 바다 그런 거요."

"저 여권도 없어요."

대답은 했지만 그의 말대로 아주 평화로운 바다를 떠올려봤습니다. 망망대해, 철썩이는 밀물과 썰물에 맞춰 조용히 호흡을 가다듬어보자 조금 정신이 돌아오는 것 같았습니다. 한없이 출렁이는 새파란 바닷물과 그 위에 정처 없이 떠 있는 부표 하나. 그 외로워 보이는 부표에 갈매기 한 마리가 와서 앉은 듯했습니다. 아주 강인한 부리와 근육질의 몸매와 그에 반해 한없이 부드러워 보이는 날개를 지닌.

저는 지금도 가끔 그와 처음 함께 밤을 보낸 날을 기

억합니다. 어느 싸구려 모텔이었고 엘리베이터도 없어 3층까지 걸어 올라가야 했지만 그런 것 따위는 전혀 신경 쓰이지 않았습니다. 그저 같이 있을 수 있다는 것, 이 밤을 그와 함께 보낼 수 있다는 것에 너무나도 행복했습니다. 아직 방의 호수도 기억합니다. 304호. 카드키가 아닌 열쇠로 문을 열어야 하는 낡은 모텔이었죠. 화장실에 샴푸가 거의 떨어져 가고 있었고 지금 채워달라고 말할까? 내일 아침에 샴푸 부족하면 어떻게 해? 하고 그가 걱정스러운 듯 묻자 저는 사뭇 진지한 표정을 지으며 말했죠. 괜찮아, 형섭 씨. 나 내일 머리 안 감는 날이야. 그는 그런 날이 따로 정해져 있어? 하고 물었고 저는 그 의아해하는 표정이 너무나도 귀여워 볼을 깨물어주고 싶었습니다. 실제로 관계 도중에 위에서 몸을 숙여 그의 볼을 몇 번 살짝 깨물기도 했습니다. 그러자 그가 당황해하며 한 말은 정말 압권이었습니다.

"미안한데. 내가 이런 성향은 아니라서. 근데 이해해. 나도 맞춰주려고 노력해 볼게."

정말이지 너무도 착하고 순순한 사람이었습니다. 처음 같이 밤을 보내기로 하고 쇼핑백에 무언가를 주섬주섬 챙겨왔기에 뭘 챙겨 온 거지? 궁금했습니다. 방에 들어가 그가 가장 처음 한 일은 쇼핑백에서 꺼낸 물건을 의자 위에 가지런히 놓아두는 것이었습니다. 곰돌이가 그려진 하늘색 잠옷이었습니다.

"어렸을 때부터 입던 거라. 이거 안 입으면 나 잠을 잘 못 자서."

미안해, 나 좀 매력 없지? 민망해하는 그에게 제가 먼저 다가가 입을 맞췄습니다. 저도 쑥스러움을 많이 타는 성격이라 그럴 생각도 없었지만 같이 씻을래? 하고 말을 걸었을 때 아니! 아니! 하고 고개를 계속 좌우로 젓는 그를 보는 일도 즐거운 일이었습니다.

행복했습니다. 살면서 처음으로 느껴보는 편안함이었습니다. 떠다니는 게 어때서. 흘러 다니는 게 어때서. 지나가는 배한테 길도 알려줄 수 있고 날다 지친 갈매기

가 앉아서 쉴 수도 있는데 부표가 뭐 어때서, 하는 마음
이었습니다. 둘이 함께라면 하염없이 이렇게 바다 위를
둥둥 떠다녀도 좋겠다는 생각을 했습니다.

　　취업에 다시 도전해 보기로 한 것은 그와의 만남을
진지하게 생각하기 시작하고부터입니다. 아무래도 아
르바이트로 평생을 살아갈 수는 없는 노릇이고 어렵겠
지만 일정한 수입이 보장되는 직장을 구해봐야겠다고
생각했습니다. 미래를 계획하기 시작했습니다. 목표는
3년 뒤 결혼. 집은 신혼부부 대출이나 소방 공무원 대출
을 받는다. 혹시 몰라 주택 청약 적금도 조금씩 넣기 시
작했습니다. 아이는 둘을 낳고 싶지만 현실적으로 그것
은 무리. 일단은 하나를 낳은 뒤 이후 경제적 여력을 보
고 생각해 본다. 각자의 현재 수입에서 저축 가능한 금액
을 계산해 두고 적금 등 금융상품에 대한 정보도 함께 알
아보러 다녔습니다. 주식이나 코인 같은 투자 상품에는
눈 돌리지 않을 것, 이라는 말은 다소 경제적인 면에서
보수적인 그의 말이었습니다. 쉽게 번 돈은 쉽게 쓰게 된
다는 것이 그의 지론이었습니다. 미래 예상 수익과 3년

뒤 결혼을 위해 모을 수 있는 금액을 계산해 보았습니다. 호봉이 높아질수록 연봉이 높아지는 소방 공무원은 상대적으로 유리. 어떻게든 아프지 말고 다치지 말고 최대한 건강하게 버텨낸다. 그는 직업에 대한 자부심이 엄청난 사람이었습니다.

"육체적으로 고되고 힘들지만 그만한 보람이 있어."

불구덩이에 뛰어드는 마음을 저는 이해하지 못했지만 존경스러웠습니다. 보급받는 장갑이나 조끼, 활동화 같은 장비들의 품질이 좋지 않아 직접 구입해야 하는 일도 있었지만 그마저도 조금 더 자신의 직업에 충실하기 위해서라며 아까워하지 않았습니다. 어렸을 적부터 진로를 소방 공무원으로 정했다는 말에 아무런 꿈도 이렇다 할 진로도 없었던 저는 조금 부끄러웠습니다. 비록 지방 전문대이지만 대학을 다니고도 아르바이트를 전전하고 다니는 것도 왠지 떳떳하지 못하다는 생각이 들었습니다. 이 사람과 함께라면 진짜가 될 수 있다. 나도 평범한 사람들처럼 가정을 이루고 아이를 낳고 넉넉하지는 않더라도 행복하게. 해외는 힘들더라도 국내 여행은 1년에 한두 번쯤 하면서 알콩달콩 살아갈 수 있을 것만 같았습니다.

***

텔레마케팅 회사에 다녀보기로 했습니다. 구인 사이트에서 보니 기본급이 80만 원으로 적었습니다만 성과에 따른 수당이 엄청났습니다. 취업 3개월 차에 월 800만 원을 벌었다는 상담사의 후기가 적혀 있었습니다. 공고 속 활짝 웃는 얼굴을 보며 저는 언젠간 활짝 웃고 있을 저의 얼굴을 떠올려보았습니다.

업무에 투입되기 전 5일의 교육 기간이 있었습니다. 찾아간 회사 입구에는 사원증을 목에 건 상담원들의 사진이 붙어 있었습니다. 이달의 우수사원과 지난달의 우수사원이라는 문구와 그들이 벌어들인 금액이 적혀 있었습니다. 한 달에 800만 원에서 1,000만 원을 넘게 번 사람도 있었습니다. 저는 심장이 두근거리는 것을 느꼈습니다. 회사 내부에는 칸막이로 구분된 책상들이 늘어서 있고 머리에 헤드셋을 낀 상담사들이 앉아 있었으며 그 앞에는 컴퓨터 모니터와 옆으로는 전화기가 놓여 있었습니다. 상담사들의 말소리가 섞여 웅성거렸고 목소리 톤

악귀 일기

은 다들 높고 밝았습니다. 회사 한쪽 공간에 마련된 회의실 문에는 '316기 교육장'이라는 글씨가 A4용지에 출력되어 붙어 있었습니다. 문을 열고 들어가 보니 이미 스무 명 정도의 교육생들이 책상에 앉아 있었고 저도 책상 위에 올려진 이름표 중에서 제 이름을 찾아 자리에 앉았습니다.

장례 일정을 책임지는 상조 상품을 파는 회사였습니다. 첫날에는 수십 장의 A4용지를 나눠주었습니다. 첫인사와 상황별 멘트, 끝인사가 적힌 스크립트였습니다. 말주변이 없는 저로서는 다행이라는 생각을 했습니다. 사람들과 함께 어울릴 때면 언제 어떤 말을 해야 할지 몰라 가만히 있는 편이었고 간혹 누가 장난을 걸어와도 재밌게 받아치지 못해 분위기를 가라앉게 만들어 집에서 그때 그렇게 말할 걸 하고 후회하는 일이 많았던 저로서는 말입니다. 고객이 흥미를 보이지 않을 때와 고객이 전화를 끊으려고 할 때의 대처 멘트들을 보며 저는 우습게도 헤어진 옛 연인들을 떠올렸습니다. 아무리 붙잡아도 돌아서지 않던 그들의 뒷모습에도 건넬 수 있는 말들이 있었더라면 좋았을 텐데, 하고 쓴웃음을 지어보았습니다. 문장은 깔끔하고 군더더기가 없었습니다. 듣기로는 기수마다 스크립트가 조금씩 변경된다고 했습니다. 고객의 마음에 가닿을 수 있도록 전문가들이 적어도 수백 번의 퇴고를 마쳤을 그 문장들을 보며 사람들의 마음에 닿기위해서는 이 정도의 노력이 필요한 거구나, 절로 고개가 끄덕여졌습니다. 강사는 50대 중반의 여성으로 본인도 상담원으로 시작했다고 운을 뗐습니다. 센터장님도 팀장님도 강사님도 전부 다 상담원으로 시작했다는 이 회사의 직원들은 대부분 여성이었습니다. 나만 잘하면 승진도 할 수 있어, 하는 기대감이 들었습니다만 그럼 센터장님들은 한 달에 800만 원 넘게 받으시는 걸까? 궁금증도조금 생겼습니다. 전화 상담 업무 중에서도 고객에게서 걸려 온 전화를 받는 것은 인바운드, 고객에게 전화를 거는 것은 아웃바운드라고 한다고 했습니다. 우리는 아웃바운드. 사람들에게 먼저 다가가 본 적이 별로 없는 저는이것이 저의 내향적인 성격을 바꿔낼 기회라고도 생각했습니다.

"막무가내로 아무한테나 전화를 거는 게 아니에요. 그럼 누가 좋아하겠어요?"

광고성 전화 수신에 동의한 고객의 목록이 있고 그 고객들에게만 전화를 걸기 때문에 성공률이 높다는 말이었습니다. 어딘가에 회원가입을 하거나 핸드폰을 살 때 무심코 체크했던 항목들을 떠올려보았습니다. 교육 첫날은 회사와 교육 일정의 소개가 대부분이었습니다.

"여러분들은 아직 입사 전이니 따로 월급이 지급되진 않아요. 대신 교육비가 하루에 2만 원씩 책정이 되고 입사 후 세 달간 회사에 결근 없이 정상적으로 출근하면 입금될 거예요. 근로계약서는 교육 마지막 날 작성하시게 됩니다."

강사가 말했습니다. 숙제를 하나 내드릴게요, 하며 나눠 준 스크립트를 상황별로 예쁘게 정리해 오라고 했습니다. 집에 돌아온 저는 가위로 잘라 색색의 테이프를 붙여가며 언제 어떤 상황이 생기던 제가 말할 준비가 되어 있을 수 있도록 정리했습니다. 깔끔하게 정리해둔 스크립트를 보며 마음이 몽글몽글해지는 것을 느낄 수 있었습니다. 이것만 있으면 나도 월 800만 원을 벌 수 있어, 소중히 가슴에 꼭 끌어안았습니다.

둘째 날부터는 상품에 대한 소개가 진행됐습니다. 학교를 졸업하고 오랜만에 수업을 들으려니 어색하게 느껴지는 것은 어쩔 수 없더군요. 롤플레잉이라고 하여 둘씩 짝지어 고객과 상담원 역할을 번갈아 가며 연기해 보는 시간도 있었습니다. 제 짝은 30대 후반의 여성이었는데 각자 스크립트를 손에 든 채로 눈을 마주치자 웃음이 터져 나왔습니다. 슬쩍 그녀의 스크립트를 들여다보았는데 밤새 읽었는지 밑줄이 가득하였습니다. 밑줄은커녕 꽃이나 나비 그림의 낙서만 그려져 있는 제 것이 왠지 부끄러워 숨겨두고 짐짓 비장한 표정을 지어 보였습니다. 스무 명 남짓한 교육생 중 남자는 두 명이었는데 한 명은 20대 초반으로 보이는 얼굴이 하얀 샌님 같은 앳된 친구였고 다른 한 명은 40대 중반으로 보이는 턱에 수염이 덥수룩한 아저씨였는데 시장 상인들이 입을 법한 주머니가 많

악귀 일기

이 달린 남색 조끼를 걸치고 있었습니다. 아저씨는 짝이 없어 강사님이 직접 고객 역할을 하겠다고 하여 잔뜩 긴장한 얼굴을 하고 있었습니다. 강사님이 "아니 전 이 상품에 별 관심이 없다고요"라고 몰아붙이자 "어머, 고객님 그러세요. 근데요, 고객님. 이 상품만의 특별한 장점이 있는데요" 하며 간드러진 목소리로 너스레를 피워 다들 잠시 웃게 했습니다. 쉬는 시간, 여러분들에게만 드리는 특별한 선물이라며 강사님은 작은 색지 두 개를 나눠주었습니다. 종이 위에는 '식권'이라는 두 글자가 네모난 테두리 안에 적혀 있었습니다. 회사 근처에 있는 한식 뷔페의 식권이었습니다. 점심시간에 다 같이 모여 이런저런 이야기를 나눴습니다. 우리가 정말 할 수 있을까? 하는 말부터 이전 경력을 이야기하는 사람들도 있었습니다. 언니, 언니 하면서 따르는 친구도 생겼습니다. 대학교를 휴학 후 학비를 위해 잠시 일하러 왔다는 그녀는 웨이브 진 단발의 덧니가 생글생글한 희정이라는 친구였습니다. 그러다 잘되면 아예 이 일로 눌러앉을 수도 있고, 하고 고춧가루가 듬성듬성 들어간 콩나물무침을 씹으며 말하는 그녀를 보며 저도 다시 한번 마음의 각오를 다졌습니다.

집에 와서는 형섭 씨와 함께 전화로 상담 연습을 하기도 했습니다. 살게요, 무조건 살게요, 하는 그를 말리는 일이 오히려 제 일이 되었습니다. 아, 그럼 안 된다니깐? 그렇게 귀가 얇아서 어떻게 해? 하고 타박을 주기도 했습니다.

교육 5일 차, 마지막 날이 다가왔습니다. 일정표에는 'TEST'라는 단어가 적혀 있었습니다. 시험은 두 가지로 진행되는데, 그간 교육 과정에서 배웠던 이론을 얼마나 충실히 숙지했는지를 판단하는 필기시험과 강사님이 고객 역할을 맡고 교육생들이 돌아가며 실제로 전화 상담을 연기해 보는 실기시험으로 나누어져 있었습니다. 그럴 일은 없겠지만, 일정 점수 이상을 받지 못할 경우 입사할 수 없으며 5일간의 교육비도 지급받을 수 없다는 말에 사람들의 얼굴에는 불안이 감돌았습니다. 걱정하지 마세요, 걱정 마, 떨어지는 사람은 거의 없어요, 라며 강사님은 생글거리는 미소로 말했습니다.

악귀 일기

시험은 교육장에서 진행됐습니다. 떨리는 마음으로 시험을 치렀습니다. 필기시험은 그럭저럭 해냈지만 실제로 말을 해야 하는 실기가 문제였습니다. 스크립트를 보며 고객 역을 맡은 강사의 질문에 대답해 내며 대화를 끌어내야 했는데 긴장한 나머지 목소리가 떨려와 배에 힘을 꽉 주었습니다. 응대가 어느 페이지에 적혀 있는지 찾느라 애를 먹기도 했습니다. 손에 땀이 나고 눈앞이 흐려져 어떻게 시간이 지나갔는지도 모르겠습니다. 모든 인원이 한 번씩 상담원 역할을 맡은 실기시험이 끝나자 강사님은 채점하러 가겠다며 나가셨습니다. 시험에 그다지 자신이 없었기에 이거 떨어지면 뭘 해야 하지? 어쩔 수 없이 당분간은 식당 일을 하며 다른 자리를 알아봐야겠다고 나름의 계획을 짜던 중 강사님이 교육장 문을 열고 들어와서 한 사람씩 교육생들을 호명하셨습니다. 이름이 불린 사람은 교육장 밖으로 나가 합격 불합격 여부를 전해 듣고 교실로 들어왔습니다. 까불기 좋아하던 20대 초반의 두 여자도 차례로 나갔다가 잠시 뒤 교육장 문을 열고 들어서며 아, 떨어져 버렸다! 웃었습니다. 내 니 그럴 줄 알았다, 미친년 지는, 하며 서로 놀려대는 통에 사람들도 같이 웃을 수 있었습니다. 드디어 제 이름이 불리고 저도 떨리는 마음을 안고 교육장 밖으로 나섰습니다. "축하드려요. 합격하셨어요, 조금 있다가 근로계약서 다 같이 작성하시면 돼요"라는 말을 듣고 교육장 문을 열고 들어섰습니다. 자리에 찾아가 앉으려는데 분위기가 조금 이상했습니다. 나설 때만 해도 떠들썩하던 사람들은 아무 말이 없었습니다. 책상 위로 중년 여성이 엎드려 있었고 그 주위에 있는 사람들이 그녀를 위로하고 있었습니다. "언니 괜찮아요. 울지 마요. 여기 아니면 일이 없어요? 다른 일 찾으면 되죠." 흐느끼는 소리가 들리며 어깨가 떨려왔습니다. "누구 휴지 없어요, 휴지?" 몇몇이 다급히 가방을 뒤지기 시작했습니다. 없어요, 하고 엎드려 있던 여성이 흐느끼듯 말했습니다. "휴지요? 금방 찾아드릴게요. 잠깐만요." 옆에 있던 교육생이 말했습니다. 저기 이거라도 괜찮으시면, 하고 누군가가 건넨 것은 한식 뷔페에서 나눠주던 물티슈였습니다. "아이, 물티슈를 주시면 어떻게 해요."

괜찮아요. 그거라도 주세요, 물티슈를 받아 든 여성

은 고개를 들고 눈가를 닦기 시작했습니다. 마스카라가 눈물과 함께 닦여 물티슈가 거뭇거뭇해졌습니다. 저는 그제야 항상 긴소매 옷만을 고집하던 그녀의 양쪽 팔의 길이가 확연히 다르다는 것을 눈치챌 수 있었습니다.

"세상에 제가 할 수 있는 일이 없어요."

불합격을 두고 장난을 치며 웃던 어린 친구들도, 어울리지 않는 목소리로 한껏 능청을 부리던 아저씨도 오징어볶음에 오징어보다 양파가 더 많다며 투정을 부리던 희정이도 아무 말도 할 수 없었습니다. 저도 모르게 스크립트에 눈을 돌려보았지만 이럴 때 무슨 말을 어떻게 해야 하는지는 적혀 있지 않았습니다. 고객이 아니기 때문이었을까요. 마음에 가닿을 필요가 없었기 때문일까요. 애써 마음을 돌릴 필요가 없이 하루 2만 원이면 언제든 자리를 채워주기 때문이었을까요. 주섬주섬 짐을 챙겨 교육장 밖을 나서는 그녀를 보며 저는 누구에게도 들리지 않도록 조용히 말해보았습니다.

미안해요.

　왠지 이 말은 입 밖으로 내서도, 누구에게도 들려서
는 안 될 것만 같았습니다.

악귀 일기

***

    교육의 마지막 날 시험에 합격한 인원은 남아 근로계약서를 썼습니다. 주민등록등본과 통장 사본을 가져오라고 했습니다. 대망의 첫 출근 날, 회사에 조금 일찍 도착했습니다. 배정받은 자리에는 전에 앉았던 상담원의 명패가 아직 남아 있었습니다. '314기 심선희' 불과 두 기수 위의 선배였습니다. 자리에 앉아 컴퓨터를 켜고 기다리는 중에 숄더백을 멘 여자가 옆자리에 앉았습니다.

    "신입인가 봐요?"

    가방을 벗어 책상 위에 올려놓으며 여자는 물은 뒤 별다른 질문은 이어지지 않았습니다. 용기를 내어 말을 걸어보았습니다.

    "혹시 지난달에는 얼마를 버셨나요?"
    "한 200 중반 받았어요."
    "아 그래요?"

저도 모르게 벽에 붙어 있는 이달의 우수사원 게시판으로 눈길이 갔습니다. 그 모습을 본 선배가 말했습니다.

"왜요. 돈 많이 벌고 싶어요?"

"아무래도 그렇죠."

"저도 많이 번 달에는 800 받은 적도 있어요. 저기 게시판에 사진도 올라가고. 근데 딱 할 만큼만 하는 게 좋아요, 뭐든."

"어떻게 해야 잘할 수 있을까요?"

선배는 제 책상 위에 붙어 있는 심선희의 이름이 적힌 명패를 바라보았습니다.

"버티는 게 중요해요. 버티는 게."

그 말을 끝으로 선배는 헤드셋을 쓰고 컴퓨터로 업무 준비를 시작했습니다. 저는 주머니 속에 찔러넣은 종이를 만지작거렸습니다. 교육 기간 중 받았던 두 장의 식권 중 남은 한 장이었습니다. 첫 계약에 성공하는 날, 스스

악귀 일기

로를 축하하는 기념으로 먹기 위해 아껴두었습니다. 그게 오늘이었으면 좋겠어, 하고 다짐해 보았습니다만 떨리는 마음으로 첫 전화를 시도하고 나서야 쉬운 일이 아니라는 걸 깨닫게 되었습니다. 스크립트에서 눈을 떼지 않고 반복해서 읽었지만 이야기할 기회조차 없었습니다. 수십 번의 면접장에서 제가 준비해 갔던 내용들을 말할 기회가 없었던 시간을 떠올렸습니다. 저는 세상에 하고 싶은 이야기가 많이 있었지만 그걸 전할 방법이 없었습니다. 핸드폰으로 전화가 왔을 때 화면에 뜬 광고/스팸 문구만 보고 수신 거부를 누르던 지난날이 떠올랐습니다.

10건의 계약 성공 시 성과급 150(+기본급 80)
18건의 계약 성공 시 성과급 250(+기본급 80)
30건의 계약 성공 시 성과급 420(+기본급 80)
52건의 계약 성공 시 성과급 780(+기본급 80)

계약 건수와 그에 따른 인센티브를 적어 모니터에 붙여둔 뒤 다시 전화를 걸어보았습니다. 정말 가능한 일인가요? 교육 기간 중 누군가가 한 질문에 강사님은 그럼

요, 하고 밝게 웃어 보였습니다. 신규 상담사 중에서도 첫 달에 500만 원 이상 벌어가시는 분들도 많아요, 하고 덧붙였습니다. 그녀는 끊임없이 이 상품이 얼마나 훌륭하고 저렴한 상품인지를 이야기했습니다. 자사와 타사의 상품과 비교했고 기간 중이 아니면 구매할 수 없다, 한 번 놓치면 다시 찾아오기 힘든 기회라는 것을 강조했습니다만 그럴수록 사실 더욱 미심쩍을 뿐이었습니다. 그러다 전화가 연결되었습니다.

　—여보세요?

　—예. 안녕하세요. 더 나은 내일을 만들어가는 더나은 상조의 김은미 상담사입니다. 고객님 혹시….

　—어디시라고요?

　—네. 더 나은 내일을 만들어가는 더나은 상조입니다.

　—상조요?

　—네. 고객님 더 나은 내일을.

　—이거 광고예요?

　—네….

　—아니, 씨발 아침부터 재수 없게 상조회사에 전화

　　　　　　　악귀 일기

오면 기분 좋겠어요?

　―아니요. 고객님 그러니깐 내일을…, 더 낮게….

　―아가씨 먼저 초상 치르고 싶지 않으면 끊어요.

　통화가 종료되었다는 신호음이 들려왔습니다. 첫 통화가 쉽지는 않았지만 이런 것에 기죽을 수는 없었습니다. 한 건도 계약을 성사시키지 못하면 기본급밖에는 받지 못할 것이기 때문입니다. 옆자리 선배가 말을 걸어왔습니다.

　"통화했어요? 어때요?"

　"쉽지 않은 것 같아요."

　"그래도 전화 버튼 누른 것만 해도 대단한 거예요. 첫날 벌벌 떨면서 몇 시간 동안 전화도 못 거는 분들도 많아요."

　"그래요? 저 잘할 수 있겠죠?"

　일단은 다시 스크립트를 바라보며 호흡을 가다듬었습니다. 언뜻 본 선배의 스크립트에는 문장들이 여러 군데 자신의 말투에 맞게 수정되어 있었습니다. 나도 할 수 있어. 내 스타일로 하면 돼. 하지만 난 말을 많이 하기보단 사람들 이야기를 잘 들어주는 편인데 어떻게 하지? 불안이 생겼으나 애써 떨쳐냈습니다. 일단은 조금 전 했던 통화 내용을 다시 돌이켜 생각해 보았습니다.

'기회. 기회라고 했어야 해.'

저는 실패 지점을 찾아냈습니다. 그러니깐 고객님이 이거 광고예요? 하고 말을 했을 때 네, 라고 대답한 것은 어리석었어. 너무 순진한 생각이었어.

'아니요. 고객님. 이건 광고가 아니라 기회예요.'

하고 말했어야 해. 사실 광고는 맞지만…. 그걸 그렇게 있는 그대로 얘기하는 바보 멍청이가 어디 있어? 언제까지 이렇게 순진하고 평범하게 살아갈 거야? 나도 이제는…, 지금부터라도 나를 꾸미고 드러낼 줄 알아야 해.

악귀 일기

지나간 대화를 다시 떠올려보면서 이럴 땐 이렇게 대답했어야 해, 하고 상상해 보는 것은 저의 오랜 습관이었습니다. 사람들과 이야기할 때는 재치 있는 대답들이 떠오르질 않아 누가 말을 걸어오거나 재밌는 이야기를 저에게 던져도 머뭇대거나 어색한 웃음을 지으며 넘길 뿐이었습니다. 집에서는 저 자신이 세상에서 제일 재밌는 사람 같았지만 그걸 드러낼 기회가 별로 없었습니다. 언제까지고 세상 탓만 할 거야? 내가 변해야 해. 내 말을 들어주지 않는다고, 내 얘기는 아무도 관심 가져주지 않는다고 징징대서만은 안 돼.

"이건 광고가 아니야. 이건 기회야."

스스로 다시 한번 말해보았습니다만, 마음속 한구석에는 아직도 뜻 모를 의문이 남아 있었습니다.

그 와중에도 옆자리에서는 간혹 환호성이 들려오기도 했습니다. 됐다! 하고 소리를 지른 분은 같은 교육생이었는데 자신은 경력직이라며 한껏 뽐을 내던 사람이어서 더 샘이 났습니다. 대부분 전화는 받기도 전에 끊어졌고, 안녕하세요, 더 나은까지 말한 뒤 제 이름을 이야기할 기회도 없이 끊어졌습니다. 몇 통의 전화가 더 연결되어 통화를 하기는 했습니다만 영 신통치는 않았습니다. 고객님의 대답에 따라 스크립트를 바쁘게 넘기느라 차르륵 소리가 들렸고 뜨문뜨문 이어지는 대화에 다음에 할게요, 다음에, 라는 말과 전화가 끊어지기 일쑤였습니다.

으으으음, 하고 인상을 찌푸리며 의자 등받이를 한껏 젖히고 뒤로 누워 있는데 옆자리 선배가 다시 말을 걸어왔습니다.

"잘돼요?"
"어려워요. 이러다간 이번 달에 80만 원밖에 못 받아갈 것 같아요."
"80만 원? 아, 기본급?"

몰랐구나, 하며 그녀는 말을 했습니다.

"그것도 그냥 다 주는 거 아니에요. 한 달에 다섯 건 이상 계약 성공해야 받을 수 있어요."

"네?"

"안 그럼 아무나 다 그냥 책상 앞에 멍하니 앉아 있기만 하면서 80만 원씩 받아 가게?"

"아…."

낭패였습니다. 설령 계약을 한 건도 성공하지 못하더라도 80만 원은 받아 갈 수 있겠거니 했던 건 오산이었습니다. 이러다가는 남자친구와의 미래는커녕 당장 다음 달도 어려울 수 있겠다는 생각에 조급해졌습니다. 다시 발신 버튼을 눌렀습니다.

몇 번의 통화 실패 후 나름의 성과를 얻을 수 있었습니다. 계약 성공은 아니었지만 오후 5시에 다시 통화하기로 예약 설정을 해두었습니다. 지방에서 농사를 짓는 할아버지였습니다. 이미 자녀분들이 가입해 둔 상조 상품이 있다고 말씀하셨지만 저는 조금 익숙해진 스크립트를 서둘러 찾아 읽으며 다른 상품들에 비해 지금 판매하고 있는 상품이 얼마나 뛰어난지를 신뢰감을 줄 수 있을 것 같은 목소리로 읽어냈습니다. 최대한 대화하듯 편안하게. 아버지라고 생각하고 다정하게.

　―지금은 내가 밭에 가봐야 해서 바빠서 어려운데.
　―아버님 그러면 혹시 저녁에는 통화가 괜찮으세요?
　―응. 내가 일이 5시쯤 끝나니깐 그럼 그땐 괜찮지.
　―그럼 제가 그때 전화 다시 드릴게요. 이번 기회 아니면 못 사시는 거예요. 정말 좋은 기회라 제가 다 아까워서 그래요.
　―그래요 그럼. 이따 다시 통화 한번 해봐요.

　전화를 끊고 모니터에 떠 있는 프로그램에 예약 알림 설정을 해두었습니다. 그렇지만 찾아오는 것은 해냈다 하는 성취감이나 희열 같은 것이 아닌 왠지 모를 죄책감이었습니다. 결코 상품에 문제가 있어서는 아닙니다. 제가 봐도 타 모델들에 비해 좋은 점이 많았습니다. 그럼에도 마음에 왠지 모를 찜찜함이 남아 맴돌고 있었습니다. 저는 달라져야겠다고 생각했지만, 왠지 인간으로서 변하면 안 될 것이 있는 것 같다는 생각을 했습니다. 그것이 무엇인지는 몰라도. 흰 티셔츠에 청바지를 즐겨 입던 수연이 생각났습니다. 왜? 대체 왜? 하고 스스로에게 물어보았지만 이유는 알 수 없었습니다.

어느덧 점심시간이 다가왔습니다. 희정이가 지친 기색이 가득한 얼굴로 다가왔습니다.

"언니 어떻게 됐어? 성공했어?"
"아니, 하나도."
"어렵지? 나도 거의 성공할 뻔했는데 직전에서 갑자기 말을 돌리지 뭐야. 사람 열받게."

밥 뭐 먹을 거야? 순댓국 먹을까? 하는 말에 고개를 저으며 말했습니다.

"아냐. 나 점심 안 먹을래. 생각 없어."
"언니 긴장 많이 했구나? 알겠어. 그럼 이따가 봐."

하나둘 동료들과 함께 상담사들이 빠져나간 텅 빈 회사에 가만히 앉아 있었습니다. 다시 바다 위에 정처 없이 떠 있는 기분이었습니다. 그때, 한쪽에서 달그락거리는 소리가 들려왔습니다. 일어나 소리가 나는 쪽으로 가보았습니다. 이름은 모르지만 교육을 같이 들었던 동기 언니가 자리에서 도시락통을 꺼내 식사를 하고 있었습니다. 미용실에 간 지 오래된 것 같은 파마머리가 생기를 잃은 채로 부슬거렸고 마찬가지로 몇 년은 입은 듯한 빛바랜 분홍빛 카라 티셔츠를 입고 있었습니다. 이어폰이 핸드폰에 연결되어 있었고 핸드폰 화면에서는 녹색 칠판 안에서 흰색 분필을 손에 든 남자가 강의를 하고 있었습니다.

"언니 공부해요?"

그제야 그녀는 제가 다가온 것을 깨닫고는 귀에서 이어폰을 빼며 말을 했습니다.

"아, 일이 적성에 잘 안 맞는 것 같아서 공인중개사를 한번 따볼까 해서요."

그녀가 먹고 있는 도시락에 눈길이 갔습니다. 고사리 같은 나물 반찬 조금과 고춧가루로 양념이 된 노란 무 짠지가 전부였습니다. 주머니에 손을 찔러 넣었습니다. 바스락거리는 종이 하나가 잡혔습니다.

"언니 이거요. 이거 나중에 드세요."
"식권이네요? 밥 안 먹어요?"
"저 그만두려고요. 언니."

힘내요. 말을 하려다 그만두었습니다. 우리 같이, 라는 수식어를 앞에 붙여보려고도 생각했습니다만 차마 말을 꺼내지 못했습니다. 정말 중요한 말은 광고를 기회란 말로 바꾸지 않아도, 세상이 원하는 대로 내가 변하지 않아도 전해질 수 있는 것 같다는 생각을 했습니다. 자리에 돌아와 얼마 안 되는 짐을 챙기고 희정이의 책상 위에 작은 메모 하나를 써서 붙여두고 자리를 나섰습니다.

잘 있어. 나는 간다. 이건 광고가 아니야. 기회야.

***

형섭 씨에게 전화로 퇴사한 이야기를 전했습니다. 그에게는 숨김없이 모든 것을 다 털어놓는 편입니다. 무슨 얘기를 해도 이해해 줄 것 같은 존재였으니까요. 그는 다정한 말투로 조급하게 생각하지 말고 천천히 적성에 맞는 일을 찾아보라며 든든하게 이야기해 주었습니다. 그렇지만 저는 서둘러 다음 직장을 찾을 수밖에 없었습니다. 무채색 같은 일상에 색을 더해준, 유일한 사람인 그에게 걸맞은 사람이 되고 싶었으니까요. 교육 기간 중 고객센터에는 인바운드와 아웃바운드가 있다는 이야기를 들은 것이 생각났습니다. 저는 말하는 것보다 듣는 것에 더욱 자신이 있었기 때문에 전화를 받는 일인 인바운드라면 조금 더 괜찮지 않을까 하는 생각을 했습니다.

주말에 같이 동네 뒷산에 올랐습니다. 새벽부터 일어나서 김밥을 말아보았습니다. 단무지를 썰고 햄과 시금치를 손질했습니다. 깻잎을 깨끗이 씻어 밥 위에 올린 뒤 마요네즈에 버무린 참치를 올려두었습니다. 참치김밥은 형섭 씨가 제일 좋아하는 음식 중 하나였습니다. 김밥 위에 솔로 참기름을 바르고 볶은 참깨를 뿌려두었습니다.

거창하게 등산이라고 말했지만 정상까지 오르는 데 30분이 채 걸리지 않았습니다. 이 정도로 금방 오를 줄은 몰랐는데? 하고 서로를 멋쩍게 바라보며 웃었습니다. 미리 준비해서 신고 온 새 등산화가 부끄러우면서도 이 사람과 함께라면 어떤 언덕이라도 넘을 수 있을 것 같았습니다. 그가 기침을 하길래 감기 기운이 있는지 물어보았습니다.

"이상하게 요새 자꾸 기침이 나네?"
"열 있는 거 아닌가? 어디 봐봐요. 한번."

손을 뻗어 그의 이마에 가져다 대었습니다. 열은 없는데? 하고 손을 천천히 내려 그의 눈을 가린 뒤 다가가 입을 맞췄습니다. 금세 그의 입가에 미소가 번졌습니다. 이제 열 있는 것 같은데 하고 웃는 그와 함께 산 정상에서 바라본 세상은 아름다웠습니다. 우리도 언젠간 저 건물 중 한 곳에서 자리를 잡고 살아가게 되겠지요.

　대형 유통회사의 고객 상담 업무를 맡게 되었습니다. 역시나 마찬가지로 최저시급을 받게 되었지만 그래도 아르바이트보다는 안정성이 있을 거라 생각했습니다. 면접은 형식적이었습니다. 나중에 들리는 소문으로는 그저 한국말을 할 수 있는지 정도를 판단하는 자리라고 했습니다만 저는 그 정도로 간단한 과정은 아니었을 거라고 애써 외면했습니다. 상담원의 대부분이 주부였던 이전 회사와는 다르게 20대, 30대의 또래 친구들이 주를 이루고 있었습니다. 일주일 정도 교육을 받고 업무에 투입되었습니다. 일은 힘들었지만 미래를 생각하며 어떻게든 버텨야겠다는 생각을 했습니다. 동기들이 있다는 점도 큰 힘이 되었습니다. 가끔은 시간을 내서 퇴근 후 몇몇이 모여 커피를 마시거나 술을 마시며 진상 고객들이나 곤란한 상황을 전혀 커버쳐주지 않는 팀장을 욕하다 보면 쌓였던 스트레스가 조금씩은 풀리기도 했습니다. 스트리트 댄서 출신으로 공연 연습을 하다 어깨를 다쳐 잠시 일하러 왔다는 용수는 고객들이 진상을 부릴 때면 어떻게

든 이겨 먹어야겠다며 고객들을 오히려 놀리듯 상담하고
는 했고, 수영 강사를 하다 왔다는 효민이는 제 옆자리였
습니다. 잠수가 특기라던 그녀는 진상 고객들이 억지를
부릴 때면 바닥이 보이질 않는 물속에 잠기는 기분이라
숨을 참으며 버텨낸다고 했습니다. 돌이켜보면 모두 좋
은 사람들이었습니다. 언젠가 근무 중 효민이를 돌아봤
을 때 얼마나 오래 숨을 참고 있었는지 얼굴이 새빨개졌
기에 야, 숨 쉬어, 숨 쉬어, 하며 웃으며 말린 적이 있었
습니다. 잠시 후 하던 통화를 마치고 돌아보며 그러다 너
죽겠다, 하고 말을 건넸을 때 그녀는 책상 위에 엎드려
울고 있었습니다. 바닥을 알 수 없는 효민이의 바다에 전
화를 걸어온 사람들은 종종 그들의 밑바닥을 드러내고는
했습니다. 회사의 서비스에는 실수가 있을 수밖에 없었
고 회사의 자본이나 기술로 해결되지 않는 실수들을 회
사는 상담원을 갈아 넣는 것으로 해결하고 있었죠. 최저
시급만 주면 언제든지 누구라도 와서 앉을 수 있는 자리
였고 상담원들은 그 최저시급을 모아 츄파춥스와 새콤달
콤이 아닌 제대로 된 생활을 꾸려야 했습니다. 고객들은
할 말들이 많아 보였고 어느 때는 자신의 목적을, 그러니

깐 물건의 배송이 잘못됐다든가 고장 난 물건이 왔다든가 하는 문제 해결이 목적이 아닌 누군가에게 자신의 의견을 말한다는 것 자체에서 쾌감을 느끼는 것도 같았습니다. 고장 난 것이 배송된 토스터기인지 아니면 전화를 건 사람인지를 분간하는 일은 어려웠습니다. 둘 중 무엇도 사실은 제가 고칠 수 없는 일이었기 때문입니다.

"은미야, 너는 왜 화를 안 내?"
"나는 마음에 화가 없어. 불가에 귀의한 이후로 마음의 평정을 찾았어."

동료들은 종종 묻고는 했습니다. 그럴 때마다 저는 그럴듯한 대답들을 지어내서 하고는 했습니다.

"전화를 받을 때 나는 내가 돌멩이라고 생각해."
"돌멩이?"
"어. 길가에 굴러다니는 돌멩이. 아무런 감정도 마음도 없이 그냥 가만히 있는 돌멩이."
"그러다 길 가다 누가 발로 차면 어떻게 해?"

"무게를 가져야지. 무게를. 발로 찬 발이 더 아프게. 발가락이 팅팅 붓게 아주."

효민은 미심쩍은 얼굴로 저를 바라보다 말했습니다.

"그래서 너 요새 살이 계속 찌는 거야?"

발끈한 저는 요새 계속 앉아만 있어서 그래, 하고 답하려다 그녀를 사랑스럽다는 듯 바라보며 은근한 눈빛으로 답했습니다.

"그렇지만 나 사실, 네 앞에서만큼은 화난 모습을 보여주기 싫은걸."

그녀는 진절머리가 난다는 듯 고개를 저으며 숨을 참는 시늉을 했습니다. 하지만 그런 저에게도 마음의 평정을 잃고 화를 잔뜩 내게 만드는 사건이 있었습니다. '부팀장(진)'의 명찰을 스스로 만들어 왼쪽 가슴에 차고 다니는 김현성이라는 사람이었습니다. 그는 꼬마 철학자나 꼬마 니체라는 별명으로 불렸는데 저는 그를 남몰래 나카무라 김이라는 별칭으로 칭하고는 했습니다. 스물세 살이었던 그는 당시 저보다 두세 살이 어렸고 170센티미터가 조금 안 되는 키에 앞머리를 덮어 눈이 보일락 말락 하는 곱슬머리를 가졌습니다. 새하얀 피부에 얼굴 왼쪽에는 점이 많아 잘 때 왼쪽으로만 누워서 자나 보다 하고 사람들은 말했습니다. 책상 위에는 주황, 파랑의 머리색을 가진 애니메이션 피규어들이 늘어서 있었으나 취향이 조금 마이너했기 때문인지 그 누구도 그 애니메이션의 제목을 알아내지는 못했습니다. 그는 그 점에도 자부심이 있는 것 같았습니다. 그가 꼬마 니체 등으로 불리는 이유는 회식에서 누군가가 한 말에서 비롯됐습니다. 진상 새끼들은 왜 저 지랄을 하는 걸까? 하고 그날도 어김없이 짜증 섞인 토로가 시작되었는데 한 사람이 다소 과장되고 근엄한 표정을 지으며 말했습니다.

"니체 알아 니체?"
"니체?"
"그 사람이 그랬대. 악의 심연을 들여다보면 안 된다

고. 그럼 들여다본 사람까지도 악에 물들게 되거든."

"악도 너를 들여다본다, 아니야?"

"뭔 고객센터까지 와서 니체 얘기를 듣게 될 줄은 몰랐네."

사람들은 웃어넘겼지만 그에게는 큰 감명이라도 준 모양이었습니다. 혼자 진지한 표정을 짓더니 필사적으로 외우려는 듯 계속해서 입을 움찔거리며 그 말을 반복해서 중얼거리기 시작했습니다. 악, 니체, 심연. 그 이후로 그는 신규 상담사들이 교육받으러 올 때마다 니체의 이야기를 시작했습니다.

"여러분들이 이제 상담을 시작하게 되면 진상 고객들을 만나게 됩니다. 그때는 딱 한 가지만 기억하세요. 심연의 니체."

한없이 거들먹거리면서 어딘가 조금씩 어긋나는 그의 이야기를 들으며 사람들과 함께 웃음을 참는 것은 회사 생활의 소소한 즐거움 중 하나였습니다. 그의 작은 철학 수업은 더 이상 그 얘기를 하지 말라는 팀장님의 엄명이 있고 난 후에야 끝났지만 사람들은 그를 계속해서 꼬마 철학자 혹은 심연의 니체라는 말들로 불렀습니다.

"이런 것도 몰라요? 군대 안 갔다 왔어요? 참, 안 갔겠지?"

하는 그의 말버릇이 문제가 된 적도 있습니다. 유독 여자 상담원들에게만 이런 얘기를 하고는 했는데 이 역시도 팀장님으로부터 직장 내 성희롱으로 문제가 될 소지가 있다는 말과 너는 사실 사회복무요원으로 복무하지 않았냐는 질타를 통해 해결되었습니다. 그가 왼쪽 가슴에 차고 다니는 '부팀장(진) 김현성'이라는 명찰은 그가 직접 제작해 패용하는 것입니다. 고객센터는 실적이나 근무 기간에 따라서 상담원에서 강사, 부팀장, 팀장, 센터장 등으로 진급할 수 있습니다. 부팀장은 사실상 상담원과 동일한 최저시급을 받거나 10만 원에서 20만 원정도의 급여 차이가 있습니다만, 상담 전화를 적게 받아도 되며 상담원들의 근태 등을 관리할 수 있다는 이점이 있습니다. 고등학교를 자퇴하고 검정고시를 치른 뒤 사회복무요원으로 복무하다 소집해제 후 바로 입사했다는 그는 근속연수가 쌓여 부팀장으로 진급할 기회를 노리고 있었습니다. 그러나 상부의 평가가 그리 좋지 않아 번번이 진급에 실패하자 낙심한 그를 본 팀장님이 어느 날 그럼 지금부터 부팀장 진급 예정자로 해, 어차피 언젠간 부팀장 달 건데 미리 준비하면 좋지, 라고 말을 한 것이 화근이었습니다. 그다음 날부터 그는 바로 직접 제작한 명찰을 왼쪽 가슴에 달고 나타났습니다. 팀장님의 얼굴에 아차, 하는 기색이 스쳤습니다만 이를 물고 "잘 어울리네. 우리 현성 씨, 아주 관리자 타입이야" 하고 오랜 연륜에서 비롯된 능숙한 답변을 해내었습니다. 실제로 진급한 것은 아니었기 때문에 업무는 일반 상담사와 똑같이 전화를 받으며 간간이 팀장님의 잔심부름을 더 해야 하는, 생각만 해도 피곤해지는 일이었습니다만 그는 꽤 만족했는지 한동안 어깨에 잔뜩 힘을 주고 다녔습니다.

그에게도 장점이 있었는데 상담 규정만큼은 완벽에 가까울 정도로 숙지하고 있었다는 점입니다. 후배들이나 동기, 심지어는 센터에 오래 다닌 선배들까지도 그에게 규정을 물어보고는 했습니다. 하루는 점심시간에 밥을 먹고 옥상 벤치에 앉아 햇볕을 쬐고 있는데 효민이가 다가와 담배를 꺼내 물었습니다.

"아, 나 그 새끼 때문에 진짜 미치겠다."
"누구?"
"니체가 조금 전에 나한테 와서 뭐라는 줄 알아? 머리 색깔이 너무 노란 거 아니냐는 거야."
"염색? 규정이 있나?"
"있겠냐? 괜히 지랄하는 거지. 병신이."

규율이, 더 강한 규율이 있어야 한다고 그가 만취했던 어느 회식 자리에서 말을 해 사람들의 눈살을 찌푸리게 했었습니다. 머리 길이나 복장에도 규율이 있어야 한다고 진지하게 말을 하는 그를 보며 누구도 선뜻 뭐라 반박할 수 없었습니다. 잠시 바람을 쐬러 나가 술집 앞 놓인 의자에 앉아 있는데 잠시 뒤에 담배를 물며 나온 팀장님이 옆에 앉더니 말씀하셨습니다. "고등학교 때가 그리

운 모양이야, 저 친구가." 저는 그때 자퇴하고 검정고시
를 봤다던 그의 이력을 다시 떠올렸습니다. 담배를 다 피
운 팀장님은 이런저런 잡담을 하다가 다시 가게 안으로
들어갔지만 저는 한동안 자리에 앉아 있을 수밖에 없었
습니다.

그런 그를 제가 나카무라 김이라고 부르게 된 이유는
저의 동기 김유정 씨 때문이었습니다. 무용과를 다니다
휴학을 했다는 그녀는 동기들뿐만 아니라 직장 내에서도
그리 평판이 좋지 않았습니다. 무단결근이 잦았고 오전
중에 보이질 않아 오늘은 안 나오나보다 싶었는데도 점
심시간 끝날 때쯤 자리에 앉아 아무도 몰래 업무를 시작
해 팀장님이 귀신이라도 본 것처럼 기겁하고 놀란 일도
있었습니다. 아침 업무 시작 전 출근 인원을 상부에 보고
해야 하는데 늦게 와서는 제멋대로 일을 시작하게 되면
낭패라며 팀장님은 곤란해하셨습니다. 자율 복장이라고
는 하나 배꼽이 훤히 드러나는 크롭티에 쫙 달라붙는 분
홍색 레깅스를 입고 온 날에는 그 누구도 그녀와 눈을 마
주치지 못했습니다. 업무에도 미숙하여 사람들의 불만은

쌓여갔습니다. 상담 프로그램에는 이전 상담사의 이름과 상담 내역이 기록되어 있는데 잘못된 상담에 불만이 생긴 고객이 다시 전화해 화를 내거나 심지어는 상담 도중 실수인 척하고 전화를 그냥 끊어버리기도 했습니다. 이전 상담사를 조회해 보면 어김없이 그녀의 이름이 적혀 있었습니다.

김유정. 어느덧 그녀의 이름은 공포의 대상이 되어가고 있었습니다. 사람들은 그녀와 이야기하는 것을 피하기 시작했고 같이 밥을 먹거나 술자리에 부르는 일도 줄었습니다. 그러나 저는 그런 것은 개의치 않았습니다. 유명한 패션 잡지에 광고 모델로 나온 적이 있다는 그녀의 말에 남자 동기들이 뒤에서 성인용 잡지 아냐? 하고 비아냥거릴 때도 그런 말은 하는 것이 아니라고 대신 화를 낸 적도 있습니다. 소문이라는 것이 얼마나 무섭고 사람을 괴롭히는 일인지 이미 알고 있었으니까요.

"은미 오늘 월급날인데 한잔해야지?"

효민이 말을 걸어왔습니다. 이미 몇몇이 작당을 하여 모여든 상태였습니다. 퇴근 후 회사 빌딩 앞에서 퇴근이 늦은 이들을 기다리는데 건물 입구에서 유정이가 나오는 것이 보였습니다. 사람들이 자신을 피한다는 것을 눈치 챘는지 그녀는 모여 있던 저희를 봤지만 애써 모르는 척을 하고 앞만 보며 걸어갔습니다. 저는 그 꾸며진 듯한 당당함에 가슴 한구석이 아려오는 것을 느꼈습니다.

"유정아."

들렸을 것이 분명함에도 그녀는 계속 앞만 보고 걸어 갔습니다. 조금 더 힘을 주어 불러보았습니다.

"김유정!"

그제야 그녀는 고개를 돌려 저희를 바라본 뒤 어색하게 웃었습니다. 저는 오른손을 들어 이리 오라고 손짓했습니다. 나 바쁜데, 하면서도 같이 술을 마시자는 말에 그녀가 천천히 걸어왔습니다. 회식 자리에선 문제가 없었습니다. 자리가 파할 무렵 저는 먼저 일어나 계산했고 정산 금액을 사람들에게 전했습니다. 3일 뒤에도 유정이가 입금하지 않아 저는 효민에게 말했습니다.

"얘 왜 돈 안 보내지?"
"그때 회식? 아직 안 보냈어?"
"어. 이상하네. 까먹었나?"

그럼 내가 한번 말해볼게, 하고 효민이가 대답했을 때도 크게 신경 쓰지 않았습니다. 돈 문제를 직접 이야기하는 것이 껄끄럽기도 했고 또 술자리에 효민이도 있었기 때문에 별문제가 아니라고 생각했기 때문입니다. 그러나 며칠 뒤에도 유정이는 돈을 보내지 않았고 쉬는 시간에 마주친 그녀에게 물어봤을 때 듣게 된 대답은 뜻밖의 것이었습니다.

"음. 은미야 나 그 돈은 줄 수 없어."
"뭐? 왜?"
"왜 다른 사람한테 말했어?"

"뭘? 돈 달라고?"

"응."

자신에게 직접 말하지 않고 다른 사람을 통해 이야기 했기 때문에 돈을 줄 수 없다는 것이었습니다. 정산 금액은 2만 원이었습니다. 답답한 마음에 효민에게 다시 말을 해봤습니다.

"또 그래? 걔 유명해. 그러니까 왜 불렀어, 굳이."

비슷한 일로 동기인 용수의 돈도 한동안 갚지 않았었고 아무리 달래고 보채도 소용이 없자 화가 난 용수가 3일간 회사 단체 메신저를 통해 '내 돈 갚아 유정아^^'를 수백 번씩 보내고 나서야 돈을 받았다고 했습니다. 메신저를 열어 '저기 내 돈 언제 줄 거니, 유정아?'라고 적어 보았지만 차마 전송 버튼을 누르지 못했습니다. 그 이후로도 몇 번 그녀를 마주칠 때마다 이야기해 보았지만 그녀의 대답은 완강했습니다.

"나 그 돈은 줄 수 없어."

자포자기의 심정이었습니다. 그냥 버린 셈 치겠다는 말에 효민이 더 화를 냈습니다.

"미쳤어? 2만 원이 아무것도 아냐? 돈 많아? 네가 두 시간 동안 전화를 받아도 다 못 버는 돈이야."

사람들은 유정이를 더 피하기 시작했습니다. 업무에 있어서 실수는 계속됐고 이유 없는 결근이나 지각이 잦았으며 전화로 상담하는 시간보다 팀장님에게 불려 가훈계를 듣는 시간이 더 긴 날도 많았습니다. 점심시간에 옥상에서 그녀를 마주쳤을 때 그녀는 저에게 쭈뼛거리며 다가와 어색하게 웃으며 말했습니다.

"은미 뭐해?"

저는 피곤해지고 싶지 않았기 때문에 못 들은 척 딴청을 피웠습니다. 유정이는 다시 말을 걸어왔습니다.

"밥 먹었어? 이거 같이 먹을래?"

그녀의 손에는 삼각김밥이 들려 있었습니다. 참치마요였고 저는 참치김밥을 좋아하는 형섭 씨 생각에 마음이 조금 흔들려 농담을 건넸습니다.

"내가 참치 있는 부분만 먹어도 돼?"

그녀가 배시시 웃었으며 답했습니다. "되겠어?" 저도마음이 조금 누그러져 다시 말을 걸어보았습니다.

"근데 언제 줄 거야?"
"뭘?"
"내 2만 원."

그녀는 기가 차다는 듯한 표정으로 말했습니다.

"아직도 그 얘기야? 안 준다고 했잖아 내가."

그 말을 듣자마자 자리에서 일어나서 엘리베이터 쪽으로 갔습니다. 어디가? 하는 물음 뒤 그럼 내가 참치 다 줄게, 하는 그녀의 목소리가 작게 들려왔지만 저는 못 들은 척했습니다. 동기들이 어울려주지 않아 한동안 혼자 밥을 먹던 그녀에게 드디어 친구가 생긴 듯했습니다. 언제부터인가 유정이와 꼬마 니체가 같이 다니는 것이 종종 목격되어 사람들 사이에서 화제가 되고는 했습니다. 그러려니 하고 있었는데 그러려니 할 수만은 없는 일이 되어버렸습니다. 꼬마 니체가 저를 마주칠 때마다 분노에 가득 차 잔뜩 이글거리는 눈빛으로 노려보고는 했기 때문입니다. 처음 그 악의 가득한 얼굴을 봤을 때만 해도 오해인가 싶었지만 시간이 갈수록 저것은 진정한 분노라는 확신을 가질 수 있었습니다. 다만 그 근원을 알 수 없었을 뿐입니다. 조금이나마 이유를 짐작할 수 있었던 건 얼마 뒤 옥상에서 그를 마주쳤을 때였습니다.

"옥상에 계시네요?"

한껏 비아냥대는 말투로, 그 분노에 가득 찬 얼굴로

악귀 일기

말을 걸어왔습니다.

"화장실 가신다고 나간 거 아니에요?"
"아. 맞아요."

힘든 통화를 마친 뒤 사내 메신저로 화장실에 간다는 말을 남기고 잠시 옥상에 올라와 마음을 추스르고 있던 때였습니다.

"지금 어디에 계시죠? 여기가 화장실인가요?"

이게 지금 옳다고 생각해요? 라는 말과 함께 돌아선 그는 이 사항은 팀장님께 정식으로 보고하여 문제 제기 하겠다며 센터로 내려갔지만 팀장님으로부터 별다른 말을 듣지는 못했습니다. 다만 그가 내려가며 함부로 말 지어내고 그러는 거 아니에요, 하고 덧붙인 말에서 저는 유정이가 소외의 원인으로 저를 지목한 것이 아닌가 하고 추측하게 되었습니다.

이후로 그의 복장에도 변화가 생기기 시작했습니다. 애니메이션의 캐릭터가 그려진 티셔츠나 알록달록한 무늬에 색상이 화려한 하와이안 셔츠를 주로 입고 다니던 그가 품이 다소 커서 아버지의 것으로 보이는 짙은 회색의 정장을 넓은 카라가 달린 셔츠와 함께 입고 다니기 시작했습니다. 아침이면 항상 남들보다 일찍 출근하여 유정의 책상 위에 커피를 올려두고 그녀가 출근하지 않는 날이면 하염없이 얼음이 녹아가는 커피를 바라본다던가, 지각이라도 하는 날에는 오래된 커피를 버리고 새 커피를 사서 가져다주었습니다. 점심시간에 유정이와 같이 밥을 먹어도 계산하는 것은 항상 그였지만 끝나고 단둘이 술을 마시자는 제안은 번번이 거절을 당한다는 그의 애틋함에 저는 남몰래 이름을 붙이고 있었습니다. 나카무라 김의 순정. 물론 용수가 장난으로 그에게 헤드록을 걸어 빠져나오지 못할 때는 쩔쩔매면서도 저를 향한 눈빛에는 항상 타오르는 분노가 담겨 있어 불편하기는 했지만 말입니다.

　그가 출근하자마자 큰 결심이라도 한 듯 책상 앞에

　　　　　　　악귀 일기

서서 입술을 질끈 깨물며 놓여 있던 피규어들을 치우던 날에는 사람들은 진심으로 그의 순애를 응원하기 시작했습니다. 물론 포장재로 소중히 감싼 채로 지퍼백에 하나하나 담아 가방에 소중하게 담아두기는 했습니다. 그러나 안타깝게도 얼마 지나지 않아 이 나카무라 김의 순정은 허망하게 끝나게 되는데, 퇴근 후 검은 고급 세단 한 대가 회사 건물 앞에 멈춰 서고 거기서 내린 머리가 벗겨진 중년의 남자가 건물 밖을 나서는 유정이에게 다가갈 때만 해도 사람들은 아빠가? 하고 바라봤지만 이내 그녀를 힘껏 안은 뒤 손을 잡고 차 문을 열어 함께 떠나는 모습을 보게 되었습니다. 그때 이 모습을 바라보던 나카무라 김의 어깨는, 저라도 다가가서 두드려주고 싶을 정도로 축 처져 있었습니다. 다리보다 길어 항상 바닥에 끌리던 정장의 바짓단을 천천히 움직이며 그는 걸어갔습니다. 제가 회사를 그만두는 날까지 두 번 다시 그가 정장을 입은 모습은 볼 수 없었습니다. 다음 날, 회사에 출근한 그가 다시 그 화려한 하와이안 셔츠를 입고 가방에서 소중하게 포장된 피규어들을 하나둘 꺼내어 책상에 올려놓았습니다. 그리고 얼마 뒤 회식에서, 사실은 팀장이 진

급을 시켜줄 생각 없이 잔심부름을 시키기 위해 부팀장
(진)이라는 허울뿐인 직책을 달아줬다는 사실을 사람들
의 말을 통해 듣게 된 뒤 다음 날부터 그는 회사에 나오
지 않았습니다.

＊＊＊

－오늘 연장 근무 가능하신 분?

사내 메신저에 팀장님의 메시지가 올라왔습니다. 저는 옆자리의 효민이를 돌아보며 물었습니다.

"오늘 연장할 거야?"
"아니, 오늘 약속 있어. 비도 오고. 비 오면 미친 새끼들 더 전화 오는 거 알지?"

저는 고민을 하다 메시지를 보냈습니다.

－저 할게요.

형섭 씨에게 '나 오늘 야근' 하고 카톡을 보낸 뒤 기지개를 켜고 다시 모니터를 들여다보았습니다. 여름밤, 키보드 소리가 비처럼 내렸습니다. 내린 비는 한데 고이지 않고 센터 안을 맴돌았습니다. 정규 근무시간이 끝난 뒤 연장 근무하는 대여섯의 인원이 남은 센터는 텅 빈 것처럼 고요했습니다. 동기들은 다 퇴근하고 평소 별다른 친분이 없이 얼굴만 알던 인원들이 남아 조금 쓸쓸하겠네, 하고 생각했습니다. 수십 명이 하루 종일 각자의 목소리로 같은 이야기를 해야 하는 곳에서 야근하는 몇 명의 사람들만 남은 센터는 적막했고 또 평소와 다른 묘한 긴장감이 흘렀습니다. 한 시간가량의 연장 근무도 어느덧 끝을 보이고 퇴근을 10여 분 남긴 시간, 단체 메신저에 누군가가 메시지를 올렸습니다.

　-○○님 목소리가 참 좋으시네요. 저까지 힘이 나요.

수십 명의 상담사의 목소리로 센터는 항상 시끌벅적했습니다만 야간 근무를 위해 센터에 남은 인원이 적어 고요함마저 감돌았습니다. 평소에는 잘 듣지 못하던 다른 상담사들의 목소리가 들려왔습니다.

　-고마워요, 자존감이 많이 떨어졌었는데.

각기 헤드셋을 통해 상담 전화를 받으면서도 타다닥 소리를 내며 메신저를 통해 대화는 이어졌습니다.

- 감정 컨트롤하는 게 어려워요. 힘들면 옥상에 올라가서 소리 지르고 내려와요.

저는 입술을 깨물고 옥상에 올라가 혼자 소리를 지르는 여인의 모습을 떠올려보았습니다. 그 소리는 누구에게 지르는 소리며 또 누구에게 전해질 수 있을까요. 어디에도 닿지 못할 소리를 홀로 옥상에서 지르는 마음은 무엇이었을까요. 그 마음이 어디에도 고이지 않고 몸속을 이리저리 떠돌다가 이윽고 성대를 통해 나올 때의 그 소리는 떠올리는 것만으로도 마음이 소란스러워졌습니다. 저는 머리에 쓴 헤드셋을 통해 수많은 이야기를 하고 있었습니다만 정작 진심을 내보이고 싶은 순간에는 어떤 말을 해야 할지 몰랐습니다. 그러다 간신히

- 저도 가끔 화장실 가서 혼자 울면서 주머니에서 초콜릿 꺼내서 먹어요.

하는 메시지를 보내보았습니다.

- 제 자리에 간식 많아요. 언제든 꺼내 드세요.

그녀가 답했습니다. 고개를 들어 저 너머 그녀의 자리를 보자 뒤통수만 보였지만 왠지 웃고 있을 것 같다는 생각을 했습니다.

- 이제 다들 전화 그만 받으시고 퇴근 준비하세요.

팀장님이 메신저로 전했습니다. 누구도 더 이상 통화를 받지 않는, 퇴근을 10분 남긴 텅 빈 센터 안에서 키보드 소리가 비처럼 내렸습니다. 내린 비는 한데 고이지 않고 떠돌았습니다. 저는 마음이 다시, 고요해졌습니다.

악귀 일기

＊＊＊

처음 입사를 했을 때만 해도 저는 열의에 가득 차 있었습니다. 세금을 공제하고 190만 원 정도를 받는 월급으로는 도무지 생계가 막막해 보였으니까요. 당장은 어떻게든 먹고살 수 있을지 몰라도 월세와 공과금을 내고 핸드폰 요금을 내고 생필품을 사면 남는 금액은 아무리 아껴보아도 얼마 되지 않았습니다. 설령 관리자가 돼서 팀장을 달고 더 오래 근무하여 센터장의 직급을 단다고 하더라도 급여의 인상은 크지 않아 보였습니다. 아끼고 아껴도 현재 저축할 수 있는 금액으로는 미래를 그리기 어려웠습니다. 컬러링북을 펴놓고 우리 같이 이제부터 칠해볼까? 하고 마음먹었으나 칠할 수 있는 색의 종류가 많지 않거나 그마저도 누가 쓰다 남긴 것처럼 뭉뚝한 크레파스로 칠해야 하는 기분이었습니다. 인센티브로 눈을 돌렸습니다. 하루에 받은 상담 전화의 수나 얼마나 규정을 잘 지키며 상담했는지를 평가하는 통화품질 등으로 월마다 실적을 평가받아 인센티브를 받게 됩니다. 하루 여덟 시간 근무, 한 시간에 받을 수 있는 물리적인 통화

수를 계산해 보았습니다. "안녕하세요, 상담사 김은미입니다"라는 인사를 하는 데만도 5초가 흘러갑니다. 발음을 최대한 뭉개면서 "아녕사다깅미다"라고 하면 2초를 줄일 수 있었습니다. 하지만 다음 달 실적 평가는 박살이 났습니다. 발음이 정확하지 않고 말을 흐린다는 것이 문제였습니다. 관건은 고객이 원하는 바를 최대한 빠르게 판단해서 해결책을 제시한 뒤 뒤도 돌아보지 않고 떠나보내는 것이었습니다. 통화를 오래 붙잡고 늘어지려는 고객들을 이리저리 피하는 요령을 익혀가면서요. 3분 45초에 한 통화를 끝내면 한 시간에 16통의 전화를 받을 수 있고, 그렇게 여덟 시간의 근무를 마치면 130통의 전화를 받을 수 있었습니다. 물론 중간에 휴식이나 '화급'이라고 화장실이 급하다는 뜻의 메시지를 올려놓고 팀장님의 허락을 받아야만 갈 수 있는 화장실에 가는 시간은 제외하고서도요. 그렇게 하루 130통씩 한 달간 전화를 받은 후 이제 됐다 싶었습니다. 주위 동료들이 몇 통의 전화를 받았는지 틈틈이 체크를 하기도 했습니다. 다음 달 월급 명세서를 받아보았을 때 실적 수당은 정확하게 기본 급여보다 24만 원이 더 들어왔습니다. 소변이 마려운 것을 참으며 저를 갈아 넣고 벌어들인 금액이었습니다.

210만 원.

하루 60통의 전화를 받아 실적 평가에서 꼴찌를 한 동료의 월 급여는 194만 원이었습니다. 저는 무엇을 위해 노력했던 걸까요. 사람들의 말처럼 노력해야 될 때에 노력하지 않기 때문에 이렇게 되어버린 걸까요. 인센티브를 위해 목을 매는 일을 그만두었습니다. 이래서는 결혼하고 아이를 낳아 기른다 해도 문제가 될 것이 분명했습니다. 색칠 공부를 하려 크레파스를 찾는 아이에게 미안 엄마가 다 써버렸어, 라고 말하는 상상을 해보았습니다. 그럼 엄마 그림은 어딨어? 예뻐? 하고 묻는 아이에게 민망해하며 아니, 엄마도 아직 다 못 그렸어, 하며 어쩔 줄 몰라 하는 저의 모습을요.

***

　동료들은 흔히 말했습니다. 가난한 동네 사는 사람들일수록 더욱 악독하다고요. 어떻게든 이득을 보기 위해 작은 실수를 꼬투리 잡고 물고 늘어지는 사람들을 회사 이름의 앞 글자를 따서 미거지들이라고 불렀습니다. 1,000원, 2,000원짜리 쿠폰을 얻기 위해 30분 이상을 통화하는 사람들을 이해할 수가 없었습니다. 그렇게 따지면 시간당 9,000원대의 저희의 최저시급은 그렇게 낮은 것이 아닐지도 모릅니다. 그럼에도 "미거지 새끼들 사는 동네 보면 꼭 가난한 동네야"라고 말하는 동료들을 보며 쉽게 동조할 수는 없었습니다. 소위 부자 동네라고 말하는 지역에서 걸려 오는 전화에도 진상을 부리는 고객은 많았습니다. 정말 슬펐던 건 가난한 동네에 진상이 많다고 말하는 사람들의 대다수가 가난한 동네에서 살고 있었기 때문입니다. 그리고 언젠가 저의 미래가, 그렇게 되어버릴지도 모른다는 불안이었습니다. 저는 점차 통화에 무뎌져 가고 있었습니다. 화를 내고 욕을 듣는 일은 물론 참기 어려운 고통이었습니다만 정말 힘든 일은 따로

악귀 일기

있었습니다. 업무는 고객의 원하는 바를 빠르게 알아내서 원하는 대로 해주면 되는 일이었습니다. 물론 무조건 쿠폰을 발급해 줄 수는 없었습니다만 실적에 대한 집착에서 자유로워진 저는 최대한 쿠폰을 뿌려댔습니다. 다만 조건이 하나 필요했습니다. 규정상 고객이 먼저 보상을 세 번 언급하기 전까지는 저는 쿠폰을 줄 수 없었습니다. 목적을 분명히 하고 그 목적을 향해 빠르게 질주하는 이들은 오히려 편했습니다. 그러나 두리뭉실하게 자신의 속내를 감추고 드러내지 않는 이들은 오히려 꼴 보기 싫었습니다. 원하는 바는 어차피 같지 않나요? 점잖은 척, 자기 자신은 아무 욕망이 없는 척, 순진한 척하는 이들에 대한 원망이 쌓여갔습니다. '봐봐. 너희들도 다 똑같잖아. 돈 1,000원, 2,000원 때문에 전화하는 거잖아' 하는 못된 생각이 가득해져 갔습니다. 이런 마음은 남자친구와 함께 있을 때도 드러났습니다. 그날따라 유독 사근사근하게 구는 그를 차갑게 바라보며 왜, 하고 싶어? 라고 말을 했던 건 아직도 후회되는 일입니다. 꼭 필요한 말 이외에는 되도록 입을 다물고 있으려고 했고 필요한 말은 단어로만 짧게 이야기했습니다. 이러다가 정말 망가져 버릴지도 모른다는 생각에 조금씩 겁이 나기 시작했습니다. 저는 최대한 상급자에게 상담을 돌리기로 했습니다. 아가씨 말고 상급자 바꿔요, 하는 말에 네 잠시만 기다려주세요, 하고 메신저로 팀장님께 회원 번호와 상급자 연결이라는 메시지를 보낸 뒤 잊기로 했습니다. 그 빈도가 높아지자 팀장님이 슬슬 짜증을 내기 시작했습니다. "은미 씨, 이 정도는 스스로 해결할 수 있지 않아? 나도 죽겠어, 진짜." 며칠 뒤부터 상급자 통화 연결에는 허가가 필요하다는 규정이 센터 한쪽 벽면에 붙었습니다. 저는 웃었습니다. 목적을 분명히 말하는 고객과 목적을 말하지 못하고 빙빙 돌리는 고객들보다 정말 감당하기 힘들었던 것은 목적을 도무지 알 수 없는 고객들이었습니다. 사실 그들의 목적은 분명해 보였습니다.

외로움.

그들은 뛰지도 걷지도 않았습니다. 멀리 빙빙 돌아가지도 않았습니다. 그저 통화 자체에, 사람들과 이어져 있으며 자신이 그들보다 조금 더 위에 있다는 것에서 마음

악귀 일기

의 안식을 얻는 듯 보였습니다. 어쩌면 옥상에 올라가 혼자 소리를 지르던 상담사처럼 그들도 소리를 지를 곳이 필요했는지도 모릅니다. 단지 그걸 들어야 하는 게 저였을 뿐이죠.

아이와 오늘 소풍을 가기로 했는데 주문한 물총이 도착하지 않았다며 펑펑 울던 고객님, 지금은 안녕하신가요. 식당에 야채를 배송하러 들어간 기사가 허락 없이 화장실을 사용했다며 노발대발하던 고객님, 지금이나마 전하지 못했던 말을 전해드립니다. 야채에 있던 흙이 손에 묻어 잠시 씻으러 들어가셨던 것뿐이라고 억울해하셨습니다. 설령 소변을 보러 들어갔던 거라 하더라도 그게 그렇게 큰일이었나 싶습니다만. 유통기한을 9월까지로 알고 샀는데 11월까지로 적혀 있다며 내가 그 안에 이 두유를 다 못 먹을 사람으로 보이냐며 소리를 지르고 욕을 하시던 고객님은 지금 안녕하신가요. 왜 같은 상품을 다른 사이트에서는 3만 2,000원에 파는데 이 회사에만 유독 3만 2,500원에 팔고 있냐며 시장 경제 원리에 대해 열띤 강의를 늘어놓으시던 고객님,

안녕하신가요.

죄송합니다.

어느 궂은 비가 내리던 날 오후 5시, 퇴근은 한 시간을 남겨두고 있었습니다. 저는 그날 92통째의 전화를 받고 있었고 걸려 온 전화에선 한숨부터 새어 나왔습니다. "저기요." "네, 상담원 김은미입니다." "제가 분명 적어놨잖아요. 요청사항에."

붉은색 립스틱을 주문한 제 또래의 여성이었습니다. 어딘가 다른 곳에서 만났더라면 어쩌면 친구가 되었을지도 모르죠. 립스틱으로 예쁘게 화장하고 어디에 가려 했을까요. 중요한 약속이 있었을까요. 기분 전환을 위해 구입했을까요. 애인에게 잘 보이고 싶었을까요. 저는 알 수 없었지만 배송 기사가 집 문 앞이 아닌 빌라 입구 택배함에 립스틱을 넣어뒀다고 화를 내는 당신의 말을 저는 이제는 들어드릴 수 없었습니다. 우리는 친구가 될 수 없을 것 같아요. 모니터에 떠 있는 프로그램에 통화 종료 버튼

악귀 일기

을 누르고 우측 상단에 'X'자 표시를 눌러 프로그램을 닫은 뒤 회사 메신저에 입력했습니다.

　– 퇴사할게요.

옆에서 효민이 통화를 받다 말고 휘둥그레진 눈으로 고개를 돌려 저를 바라보았습니다. 팀장님이 자리로 불렀습니다. "이런 식으로 퇴사하는 게 맞다고 생각해요? 근무 스케줄이 정해져 있는데 다른 상담원들에게 피해를 줬다고는 생각 안 해요?"

그런 걸 생각할 겨를이 없어요.

죄송합니다, 라는 말을 덧붙일까 하다가 그만두었습니다. 이미 하루에 수백 번씩이나 더 했던 말이고 그 말이 사실은 서로에게 얼마나 의미가 없는지 그도 잘 알고 있었을 것입니다. 팀장님은 저를 보더니 알았다며 퇴사 절차를 설명했습니다. 고객들은 전화해서 자신들이 이 회사를 얼마나 아끼고 애용하는지 그리고 그래서 얼마나 실망했는지를 말했습니다만 조금 알 것 같았습니다. 상대방을 아프고 힘들게 하는 건 진짜 사랑이 아닐 수도 있다는 것을요.

***

회사를 그만두고 한 달 정도를 쉬었습니다. 저에 대해 생각하며 마음을 추스를 시간이 필요했습니다. 요새 들어 부쩍 기침이 잦아진 형섭 씨는 저를 이해하고 기다려주었습니다. 제가 형섭 씨에게 가장 끌렸던 부분은 거짓말을 하지 않는다는 점이었습니다. 저는 거짓말을 잘못 합니다. 슬픈 건 제가 거짓말을 안 하는 만큼 다른 사람들도 거짓말을 하지 않을 거라고 생각하기에 자주 속는다는 점입니다. 저는 거짓말을 잘하지도 못하고 하고 싶지도 않습니다. 애초에 제가 가진 재주가 아니라고 생각합니다. 조금 더 솔직해져 볼까요. 지나가는 사람이 갑자기 통장 잔고를 물어본다고 하더라도 스스럼없이 밝힐 수 있습니다. 저의 몸무게는, 밝히지 않겠습니다. 이건 거짓말이 아니라 말하지 않는 것뿐입니다.

초등학교 1학년 때 통지표에 아버지는 '거짓말을 잘합니다'라고 적으셨습니다. 여름방학 때 아버지 지갑에서 500원짜리 동전이 하나 사라졌는데 제가 가져갔다고 생각하신 듯합니다. 두들겨 맞다가 지쳐서 "죄송합니다. 제가 그랬어요. 잘못했어요"라고 하자 더 맞았습니다. 도둑질한 것보다 거짓말이 더 나쁘다는 이유였습니다. 며칠 뒤 개학이 다가와 아버지께 통지표를 드렸습니다. 태어나서 처음으로 부모님이 저를 어떻게 생각하시는지를 글을 통해 확인하는 공간이라 뭐라고 적어줄지 긴장과 설렘 속에 기다렸습니다. 통지표를 건네받아 적힌 글을 읽었습니다.

'거짓말을 잘합니다.'

제 나이 일곱 살, 처음으로 체념을 배운 순간이었습니다.

이걸 학교에 들고 가서 선생님께 내야 하는 상황이 고민되기 시작했습니다. 개학이 오지 않기를 바랐습니다. 선생님이 어떻게 생각할까 걱정이 많이 됐고 저를 이상하게 보지 않을까 불안했습니다. 저는 최대한 아무 생각도 하지 않기로 했습니다. 그냥 나는 자리에서 일어나이 노란 종이를 선생님께 가져다드리고 아무 일도 없었다는 듯 자리로 돌아오면 된다. 이 임무만 무사히 수행하면 아무 일 없이 그냥 지나갈 사소한 이벤트쯤으로 여기기로 했습니다. 표정은 없어야 했습니다. 임무를 수행하는 데 있어 사사로운 감정은 스며들 수 없기 때문입니다. 그러면서도 최대한 우아하고도 섬세하게. 통지표에 쓰인 이깟 문구 따위는 나를 잡아먹을 수 없다는 듯 기품을 지키며. 품위라는 것은 사실 누가 저를 어떻게 보느냐가 아닌 제가 저를 어떻게 생각하는지에서 나오는 것 아닐까요? 선생님께 통지표를 건네드리며 저는 최대한 눈을 마주치지 않으려 했습니다. 임무는 은밀하게 진행돼야 하니까요.

통지표를 받아 든 선생님은 문구를 읽더니 피식 웃으셨습니다. "거짓말을 잘하니?" 저는 고개를 끄덕이지도 아니라고 부정하지도 않았습니다. 그저 이 시간이 빨리 지나가고 자리에 돌아가기만을 바랐습니다. 선생님은 잠시 더 통지표를 들여다보시더니 그래 들어가 봐, 하고 말씀하셨습니다. 여기서 저는 큰 실수를 하게 되는데 인사를 하면서 선생님의 눈을 바라본 것이었습니다. 그때 그의 눈에 담긴 것은 말로 설명할 수 없는 감정들이었습니다. 왈칵 눈물이 쏟아져 내렸습니다. 시끌벅적하던 아이들은 제가 교단 앞에서 울자 조용해지며 궁금해하기 시작했습니다. "선생님 쟤 왜 울어요?" 돌아서서 자리로 걸어 돌아가는데 뒤통수에 선생님의 한마디가 꽂혔습니다. "거짓말을 잘한대." 아이들은 와~ 하고 웃었습니다. 모두가 웃는 와중에 저는 홀로 울고 있었습니다.

이날 이후로 절대로 거짓말을 하지 않기로 했습니다. 절대로, 절대로요. 살면서 거짓말이 필요한 순간이 있다는 건 저도 잘 압니다. 하지만 거짓말이 나오려고 할 때면 저는 아버지의 매질이 아닌 그때 선생님의 눈빛이 떠올라 도무지 거짓말할 수가 없습니다. 매일 아침 일어나 세수를 하기 전부터 나 자신, 오늘도 세상에 거짓 없이 솔직하게! 하고 세 번 외친 후 세수를 시작합니다. 모름지기 몸을 씻기보다 마음을 씻는 일이 먼저가 아닐까요? 오로지 진실만을 말하고자 하는 고역의 길을 걷기로 마음먹은 이후로 인간관계는 점점 어려워져만 갔는데, 진실은 원래 고독하고 외롭고 쓸쓸한 것이기 때문입니다.
모두가 웃을 때 홀로 울며 묵묵히 걸어나가야 하는 길.

저는 항상 사람들에게 티끌 하나 없는 하얀 백지장 같
은 마음으로 거짓 없이 진실만으로 대하고자 하는데 슬
픈 사실은 제 진심이라는 게 사실 사람들에게는 그렇게
중요하지 않다는 점입니다. 세상에 어쩌면 진심 같은 건
아무 의미도 없을지 모른다는 것을 너무 늦게 깨달아 버렸
습니다. 진실은 힘이 있는 자의 것이라든가 역사는 승자
에 의해 쓰인다는 말 같은 건 생각하고 싶지도 않습니다.
다만 저에게도 저 나름대로 패배의 역사가 있을 것이고
정사로 기록되지 않더라도 구전으로나마 전승될 가치는
있을 것입니다. 개인의 사사로운 패배의 기록물. 위인이
아닌 자의 전기물. 이제 그 이야기를 좀 해볼까 합니다.

***

저를 기억하실는지 모르겠습니다. 독립출판을 아시나요? 출판사가 아닌 개인이 직접 책을 만들어 독립서점에 유통하는 일입니다. 독립출판에 대해 들어보셨던 분들이라면 어쩌면 저를 스쳐 지나가셨을지도 모릅니다. 검정 표지에 흰 선으로 직접 쓴 제목과 그림이 그려져 있는 책입니다. 다소 거친 붓질로 그려진 머리를 뒤로 묶은 여자의 뒷모습과 그 오른쪽 위에 적혀 있는 제목을 기억하실지 모르겠습니다. 악귀 일기. 제가 썼던 책의 제목입니다. 이 책을 기억하시는 분이라면 어쩌면 그 당시 저와 함께 다니곤 했던 한 남자를 떠올리시는 게 더 빠를지도 모릅니다. 그는 그만큼 눈에 띄는 사람이었으니까요.

몇 번의 이사 끝에 저는 고시원에 안착했습니다. 두 평 남짓한 방이었죠. 세 번째로 살 곳을 옮기고 나서부터는 몇 번째인지를 세지 않았습니다. 제가 몸을 누일 자리는 점점 좁아져만 갔습니다. 돈이 많이 들었어요. 더는 그가 저를 찾을 수 없는 곳으로 저를 숨겨야만 했습니다.

혈액암 판정을 받은 날, 그와 저는 손을 맞잡았습니다. 어떻게든 이겨내고 싶었습니다. 소방 공무원들에게 종종 발생하는 직업병이라고 합니다. 마스크를 써도 비집고 들어오는 나쁜 연기를 그의 몸은 견뎌내지 못했습니다. 산재 신청은 거절당했습니다. 발병과 업무와의 인과를 찾을 수 없다는 것이 그들의 대답이었습니다. 개새끼들, 씨발 새끼들이라고 그는 화를 냈고 저는 몇 달 뒤 그에게 같은 말을 하게 되었습니다. 개새끼.

그의 집에 갔을 때 스스로 구입했던 장갑과 조끼 등이 찢어져 있는 것을 봤습니다. 이 장갑만 있으면 어디서든 안전할 것 같다던 그는 더 이상의 행운이 필요하지 않은 것 같았어요. 사실 그때야말로 어느 때보다도 더 행운이 필요한 시기였는데도 말이에요. 저는 속으로 중고 장터에 파는 게 어땠을까 하는 생각을 했습니다. 그만큼 돈이 많이 들었어요. 그는 모아둔 돈의 거의 전부를 치료비로 내야 했고 저도 얼마간은 보탰습니다. 집착은 심해졌어요. 하루에 수백 통씩 카톡을 보내왔고 답장은 반드시 3분 이내에 보내야 했죠. 어디를 가면 간다, 집에 왔으면

왔다고 실시간으로 보고해야 했습니다. 지하철이라도 타면 역마다 지금은 어느 역인지를 보내야 했습니다. 한번은 동네 슈퍼에 잠시 두부를 사러 갔는데 어딜 나가는데 얘기하지 않았냐며 저에게 화를 냈습니다. 섹스에 대한 집착도 심해졌습니다. 그 아픈 몸을 이끌고 힘들어하면서도 몸을 움직이는 그를 보면 저는 안쓰러웠습니다. 성욕보다는 무언가를 확인받고 싶었던 것 같아요. 땀을 흘리는 그의 표정에서 저는 아무것도 느낄 수가 없었습니다. 숨이 막혀 왔습니다. 불을 끄는 일이 직업이던 그가 이제 내 목숨을 꺼버리려고 하는구나 생각이 들었습니다. 그래도 견디고 이해하려고 했습니다. 그의 발병과 집착과의 인과를 찾으려고 노력했죠. 아프니까. 아픈 사람이니까. 저는 사람이 힘든 상황에 가서야 비로소 본모습이 나온다는 말을 싫어합니다. 술을 마셔야만 본성이 보인다는 말도 마찬가지입니다. 그건 가난한 동네에 사는 사람들일수록 악독하다는 말과 같은 말로 들렸어요. 힘들 때 보이는 건 그 사람의 본모습이 아니라고 생각했어요. 그건 그냥 힘든 거예요. 그래서 어떻게든 옆에 있어주면서 그를 돕고 싶었습니다. 우리가 같이 그리던 그림이 있었으니까. 같이 색칠해 나가고 있었으니까. 색이 몇 개 없어도, 크레파스가 뭉툭해도 우리가 그리는 그림은 세상 무엇보다도 화려할 수 있다고 믿었으니까요.

그의 방에서 콘돔을 발견했습니다. 마취 크림이 들어가 사정 지연 효과가 있는 제품이었어요. 보자마자 든 생각은 아직 건강하네, 였습니다. 상대는 그가 다니던 병원의 간호사였습니다. 저는 그의 눈앞에서 마취 크림이 들어 있는 콘돔의 포장지를 전부 뜯어 입에 넣었습니다. 입안이 얼얼해져 가는 걸 느꼈습니다. 말을 할 수 없게 되기 전에 해야 할 말을 해야겠다고 생각했습니다.

개새끼.

저는 모든 것을 정리하고 그로부터 도망쳤습니다. 번호를 차단해도 바뀐 번호로 계속 연락이 왔습니다. 미안해. 죽을죄를 지었어. 내가 다 잘못했어. 한 번만 용서해 줘. 내가 너무 힘들어서 그랬어. 어떻게 알아냈는지 이사 간 집에도 찾아왔습니다. 저는 다시 집을 옮겨야 했습니다. 처음에는 사과하던 그가 제 반응이 없자 화를 내기 시작했습니다. 네가 어떻게 이럴 수 있어. 사랑한다며. 우리는 거의 부부나 마찬가지였어. 하루에도 수백 통씩 쏟아지는 문자를 보며 저는 제가 하고 싶은 말을 그가 대신해 주고 있다는 생각을 했습니다. 그 뒤로도 그는 제가 하고 싶은 말을 대신 보내고는 했습니다. 씨발년아, 내가 너 어떻게든 찾아내서 죽여버린다. 그리고 이어지는 회유. 우리가 행복했던 순간들을 생각해 봐.

그와 소풍을 간 적이 있습니다. 아침으로 생선을 구워 먹었고 갑작스럽게 가게 된 나들이에 저는 서둘러 참치김밥을 쌌습니다. 경황이 없어 생선을 다듬은 칼을 제대로 씻지 않고 썰어 김밥에선 비린내가 났지만 그는 웃으며 초밥 먹는 것 같다며 맛있게 먹어주었습니다.

그가 말하지 않아도 그와의 행복했던 기억들을 매일 떠올리고 있었습니다. 저는 오랜만에 답장했습니다. '나도 힘들어.' 실수였던 것 같아요. '네가 나보다 더 힘들어? 지금 장난해?' 그에게서 답장이 왔고 저는 얼마 뒤 다시 이사를 가야만 했습니다. 그가 이 상황을 어떻게든 돌이킬 수 있다고 믿는다는 것이 더 무서웠어요. 몇 마디 말로 저를 구슬리면, 수백 통의 문자를 보내고 갖은 집착으로 저를 찾아내면 모든 것을 없던 일로 할 수 있다고 그가 정말로 믿고 있는 것 같아서 더 두려웠습니다.

고시원에선 방에 불을 켜두지 못했어요. 제가 살아 있다는 것을 누구에게도 들키고 싶지 않았습니다. 공용 주방에 나가는 일도 어려웠고 매일 배달 음식을 몰래 시켜 먹었습니다. 건물 밖에서 누군가가 저를 지켜보는 것만 같았고 모자와 마스크를 써도 편의점에 가는 일조차 버거웠습니다. 숨이 잘 쉬어지지 않았고 가만히 누워만 있어도 가슴이 터질 듯이 두근거렸습니다. 그와 처음 만나던 때 그가 떠올려보라던 바다를 머릿속에 그려보면 언제나 폭풍우가 몰아치고 있었어요. 그 위에 떠 있는 작은 부표 하나, 이제는 점점 가라앉고만 있었습니다. 살아 있는 사람이고 싶지 않았어요. 저는 먹은 것을 게워 내기 시작했습니다. 처음에는 고시원 복도 한쪽에 있는 공용 화장실에 가서 몰래 손가락을 목에 집어넣고 토를 했어요. 익숙해지다 보니 나중에는 고개만 숙여도 저절로 먹은 것들이 흘러나오더군요. 어떻게든 목구멍까지 음식을 아득바득 밀어 넣은 뒤 저를 텅 비어내는 느낌이 좋았습니다. 몸이 가뿐해지고 후련해지더군요. 누군가 노크를 했습니다. 고시원 총무였어요. 혹시 밤에 화장실에서 토하시냐고, 주위에서 역겹다고 민원이 들어오니 그만해달라는 말을 했습니다. 냄새가 나서 화장실을 이용할 수가 없다고요. 그때부터 저는 방 안에서 먹은 음식들을 비닐봉지에 토해내기 시작했습니다. 제 위의 크기를 눈으로 확인할 수 있었어요. 얼마만큼 토해낸 비닐봉지가 쌓이면 가방에 담아 새벽에 나가 골목 하수구에 쏟아 버렸습니다. 새벽에 지나가는 등산복을 입은 아주머니 한 분과 마주쳤는데 저를 보더니 기겁을 하며 도망치듯 빠른 걸음으로 가시더군요. 그제야 저는 깨달았습니다. 나는 역겨운 인간이 되어버렸구나. 담배를 피우기 시작한 것도 이때부터였습니다. 고시원 옥상에 흡연실이 마련되어 있었습니다만 사람들을 마주치는 것이 두려워 방 한쪽 벽에 붙어 있는 손바닥만 한 창문 틈으로 손가락만 내밀고 불을 붙였습니다. 내뿜은 연기로 제 폐의 용적을 확인할

악귀 일기

수 있었죠. 방향제와 공기 탈취제를 잔뜩 주문했습니다. 제 방은 구토물의 시큼한 냄새와 담배 연기와 방향제의 달달한 향이 섞인 기묘한 냄새가 나기 시작했습니다. 그것은 제 몸에서 나는 냄새와도 같았죠. 편의점에 갈 때마다 점원은 인상을 찌푸렸습니다. 저는 웃었습니다. 그 눈빛을 알 것 같았어요. 대학 시절 사람들이 수연이를 보던 눈빛이었을까요. 고객센터에서 일할 때 동료들이 유정이를 바라보던 시선이었을까요. 저는 그때 그들에게 제가 하지 못했던 말을 누군가가 저에게 지금 해주었으면 좋겠다는 생각을 했으나 누구도 아무 말도 하지 않았습니다. 술을 마시면 조금 더 쉽게 음식물들을 토해낼 수 있었습니다. 잠을 잘 수도 있었죠. 처음에는 소주 석 잔만 마셔도 취했는데 나중에는 두 병을 마셔도 거뜬했습니다. 마시면 마실수록 주량이 늘어난다는 말은 사실이었던 것 같습니다. 거봐. 뭐든지 노력하면 안 되는 일이 없네, 정말. 저는 웃었습니다. 제 삶 어디에서 어떤 노력이 부족해서 저는 이렇게 되어버린 걸까요. 인과를 찾으면 보상받을 수 있는 걸까요. 제 삶과 저의 과거의 연관성은 인정받을 수 있는 걸까요. 개새끼, 하고 소리 내서 욕을 해 보았습니다만 누구에게 하는 말인지는 저도 몰랐습니다. 누구에게든 들려서는 안 되는 말인 것만 같았습니다. 소리가 조금 컸는지 옆방에서 벽을 쿵쿵 치는 소리가 들렸습니다. 하나둘, 저는 손목을 긋기 시작했습니다. 죽을 생각은 아니었습니다. 그 정도의 깊이는 아니었어요. 피도 별로 나지 않았고. 그저 살려는 마음이 없었을 뿐입니다. 그러나 살고 싶지 않다는 마음으로 그은 손목에서 통증이 느껴질 때면 오히려 저는 살아 있다는 것을 더욱 실감할 수 있었습니다.

딱히 할 일이 없었기에 인터넷 방송으로 눈을 돌리기 시작했습니다. 처음에는 유명한 사람들의 방송을 봤어요. 재밌고 유쾌한 사람들을 보며 나도 저렇게 말을 잘하고 재밌을 수 있을까, 그랬더라면 삶이 조금 더 달라졌을까, 부러운 마음이 들었습니다. 더는 볼 수 있는 영상이 없을 때까지 봤습니다. 아무리 새로고침을 해보아도 새로운 영상은 올라오질 않더군요. 세상이 또 나만 쏙 빼놓고 돌아가고 있구나, 소외감이 들었습니다. 세상에 밝은 면들을 전부 봤다고 생각한 순간 어두운 부분들이 눈에 들어오기 시작했어요. 사람들은 후원을 받고 사람의 대변을 먹거나 곤충이나 지렁이를 먹기도 했습니다. 지병이 있는데도 술을 매일 마시고 당뇨가 있어 이빨이 전부 빠졌는데도 단 음식을 계속해서 먹었어요. 평소라면 절대 눈길조차 주지 않았을 영상들에 저는 흥미가 가기 시작했습니다. 왜 저러고 살지? 하는 의문이 왜 저러고 사는지 알 것 같다는 마음으로 바뀌었고 저는 생각했어요. 저 사람들이면 어쩌면 저를 이해해 줄 수 있을 것도 같다고요. 인터넷 방송인들의 라이브 방송을 보기 시작했습니다. 실시간으로 후원금을 받고 2,000원마다 룰렛을 한 칸씩 채울 수 있었어요. '하꼬탐방972'는 당시 제가 사용하던 아이디입니다. 어느새 저의 유튜브 알고리즘은 이른바 음지 방송들로 채워졌습니다. 삭발하고 식당에 가서 행패를 부리는 이들을 보는 것이 제 유일한 즐거움이었습니다. 라이브 방송 중 제가 쓴 채팅을 방송인이 읽어줬던 날은 너무나도 기뻤습니다. 어떻게 하면 제 글을 읽어줄까 어떻게 해야 더 재치 있고 사람들을 재밌게 할 수 있을까를 고민했죠. 그러다 깨달았습니다. 제 글을 읽히게 하기 위해서는 두 가지 방법이 있었어요. 돈을 후원해서 방송 화면에 제가 쓴 글이 나오도록 하거나 아니면 최대한 자극적인 내용으로 사람들의 이목을 끌어야 했습니다. 저는 사람들을 재밌게 하고 또 방송인이 제가 쓴 글을 읽게 하기 위해 노력했습니다. 그것이 제가 세상과 연결되어 있다고 느낄 수 있는 유일한 통로였습니다.

이제는 이름도 가물가물한 한 퇴물 연예인이 인터넷 방송에 게스트로 나온 적이 있습니다. 한때는 주말 드라마에서 조연급으로 활동했던 배우였습니다만 예전에 무슨 사고를 쳤던가 아니면 그냥 인기가 떨어져서였는지 한동안 TV에서 찾아볼 수 없던 사람이어서 저도 반가운 마음에 보고 있던 게 기억이 납니다. 후원을 받아 미션이 적힌 룰렛을 채워나갔고 사람들은 신이 나서 여러 가지 제안을 하기 시작했습니다. 정해진 시간이 지나고 룰렛이 돌아갔습니다. 그의 얼굴이 일그러지더군요. 그때 그에게 주어졌던 미션은 밝히지 않겠습니다. 그는 고민하고 망설였습니다. 옆에 있던 방송인에게 자신은 이런 일은 못 할 것 같다며 진지하게 이야기하기도 했습니다. 채팅창에 있던 사람들은 말했습니다. 방송이 장난임? 안

할 거면서 왜 옴? 미친 새끼 ㅈ도 못 나가는 새끼가 꼴에 연예인이라고. 방송감 ㅈ나 없네.

저는 그때 문득, 이래서는 안 될 것 같다는 생각을 했습니다. 사이트에 들어가 금액을 충전하고 후원 메시지를 보내기 시작했습니다. 하지 마. 집에 돌아가. 아직 늦지 않았어. 넌 멀쩡하게 살아갈 수 있어. 여긴 음지잖아. 너는 아직 밝게 살아갈 수 있어. 늦지 않았어. 제발 지금이라도 아무것도 하지 밀고 집으로 돌아가. 여기 사람들은 어차피 잠깐 욕하고 내일이면 잊어. 인터넷에만 있는 사람들이야, 실제 있는 사람들이 아니야.

순식간에 12만 원이 날아갔습니다. 이유는 모르겠지만 저는 그만큼 절박했습니다. 채팅창에서는 분위기를 왜 망치냐며 저를 욕하고 비난하기 시작했습니다만 그런 것쯤은 신경 쓰이지 않았습니다. 그는 근심이 가득한 얼굴로 올라오는 채팅들을 읽기 시작했습니다. 이윽고 비장한 각오라도 한 듯 그는 말했습니다. 할게요.

그가 미션을 수행하는 과정을 지켜봤습니다. 이제는 안타까움도 즐거움도 느껴지질 않았습니다. 잔뜩 찌푸리고 괴로워하며 미션을 마친 그는 오히려 홀가분한 얼굴이었습니다. 고통을 이겨내고 조금 더 성장했다고 느끼기라도 한 걸까요. 옆에 있던 방송인을 바라보며 웃으며 말했습니다. 하나 더 할까요? 룰렛의 후원을 받기 위한 시간이 다시 돌아가기 시작했습니다.

　－신문 기자에게 연락해서 방금 한 일을 설명하기.

　－엄마에게 전화해서 방금 한 미션을 설명하고 사과드리기.

　－아는 PD에게 저 이제 이런 연기도 할 수 있어요. 저 좀 써주세요, 라고 연락하기.

　－'대국민 오디션'이라는 제목으로 인터넷 유명 사이트마다방금 한 미션 편집해서 올리기.

남아 있던 후원 금액으로 제가 그에게 보냈던 룰렛의 미션들입니다. 비장한 각오를 다진 듯 보였던 그는 이상하게도 대변이나 벌레를 먹으라는 기괴한 미션들보다 유독 제가 보내는 미션들에만 조금 더 표정이 어두워지는 듯 보였습니다. 채팅장에서는 '하꼬탐방 뭐임?', '아까 말리던 애 아님?', '972 이제야 정신 차린듯ㅋㅋㅋ' 등이 올라왔습니다만 저는 누구를 재밌게 하고 싶다든가 하는 마음은 없었습니다. 그저 지쳐 있었을 뿐입니다. 그가 미션을 수행하기 전 누군가가 올린 메시지 하나가 기억에 남습니다.

－원래 정치든 사회운동이든 사랑이든 변절자가 젤 무서운 법이야ㅋㅋㅋ

***

　줄어만 가는 통장 잔고를 보는 일은 괴로웠습니다만 배달 음식을 주문하는 일을 멈출 수는 없었습니다. 일하지 않은 지 오래였고 형섭 씨의 병원비로도 큰돈을 썼었습니다. 이사도 여러 번 다녀야 했죠. 집 크기를 점점 줄여 결국 고시원까지 오게 되었습니다만 매일 배달 어플을 살피는 일만은 멈출 수 없었습니다. 딱히 먹고 싶은 음식도 없었고 뭔가를 먹어야겠다는 생각도 없었지만서도요. 어차피 전부 토해낼 음식들이었지만 저는 주문에 신중했습니다. 주문 버튼을 누르는 순간까지의 저를 멈출 수가 없었습니다. 고시원 공용 주방에는 라면이나 쌀, 김치가 구비되어 있었지만 배달 음식을 주문해야 마음이 채워지는 기분이었습니다. 그러나 이상한 것은 주문 버튼을 누르자마자 후회가 밀려온다는 것이었습니다. 사실은 별로 먹고 싶지도 않잖아. 이제 돈도 얼마 없는데 이렇게 비싼 건 먹을 수 없어. 주문 취소 버튼을 서둘러 누르려 해도 이미 조리가 시작되어 주문을 취소할 수 없다는 메시지가 나왔습니다. 어쩌면 정말 주문이 취소될까

두려워 머뭇거렸는지도 모르겠습니다. 저는 고객센터로 전화를 걸어 주문 취소 요청을 했습니다. 잠시만 기다려 주세요, 확인해 드릴게요. 얼마나 기다리라는 거예요? 제가 얼마나 바쁜 사람인지 아세요? 지금 배달 예정 시간이 3분이나 늦어졌잖아요. 제가 계획하고 원하는 시간에 밥을 먹으려고 주문했는데 그게 다 틀어진 거잖아요, 지금. 어떻게 책임지실 거예요?

어떻게 책임지실 거예요?

저는 프로였습니다. 이미 고객센터 상담원들을 다루는 데 익숙했죠. 어떻게 해야 사람들이 더 기분이 나쁜지 어떻게 해야 웃으면서 화를 낼 수 있는지 어떻게 해야 1,000원, 2,000원의 쿠폰을 받아낼 수 있는지 잘 알고 있었습니다. 사과를 해오면 지금 내가 사과받자고 이러는 거 같아요? 보상을 제시하면 내가 지금 그깟 몇 푼 보상 받으려고 내 귀한 시간 쓰고 있는 것 같아요? 라며 저는 쉬지 않고 그들을 몰아붙였습니다만 제가 정말 하고 싶었던 말이 무엇인지는 저도 모르겠습니다.

어떻게 책임지실 거예요?

인터넷 마켓을 통해 물건을 주문하기 시작했습니다. 통화 목록은 어느새 고객센터의 전화번호로 가득했습니다. 한 달간 120통의 전화를 했다는 걸 깨달았습니다. 이 정도면 인센티브가 얼마나 나오려나 하고 세어보는 저 자신을 깨달았습니다. 어떻게든 상담원들은 빨리 통화를 끊으려고 했고 저는 그 통화를 유지하고 제가 이야기를 하기 위해서는 그들에게 트집을 잡는 수밖에 없다는 것을 깨달았습니다. 목소리 톤이 왜 그래요? 그게 지금 상담하는 자세예요? 회사에서 그따위로 교육해요?

인터넷 사이트들을 돌아다니기 시작했습니다. 한때 음지 유튜버로 가득했던 저의 유튜브 알고리즘은 이제 정치, 시사, 연예계 이슈들을 논평하는 영상들로 채워졌습니다. 세상에는 분노할 것들이 많았고 그러다 보면 저의 분노를 잊을 수 있었죠. 화를 낼 수 있는 곳들 찾아다니며 화를 냈고 그렇게 사람들이 몰려가 화를 내는 곳에 저도 화를 내다보면 어느덧 제가 진짜인 것처럼 느껴졌어요. 제가 화를 냈던 일들이 나중에 사실이 아닌 것으로 밝혀져도 별다른 죄책감을 느끼지 못했습니다. 진짜들이 진짜의 일을 하다 보면 어느 정도 실수는 있는 법이니까요. 국민의 뜻이나 대중들의 의견, 다수의 생각 들은 제가 주로 사용하는 표현이었습니다. 저도 국민인 것처럼, 대중의 한 사람인 것처럼, 소수가 아닌 다수에 속할 수 있는 것처럼 느껴졌으니까요.

거울을 보니 얼굴이 무너져 내려 있었습니다. 먹고 토하는 일을 반복하다 보니 침샘이 부어 얼굴이 흘러내린 거라고 하더군요. 이래선 안 될 것 같다는 생각을 했지만 무엇을 어떻게 해야 하는지 알 수 없었습니다. 조금씩이라도 세상 밖으로 나가봐야겠다는 생각을 했습니다. 오후 3시, 해는 여전히 두려웠지만 모자와 마스크를 눌러쓰고 고시원 앞 공원 그네에 앉아 있었습니다. 오늘 저녁은 뭘 시켜 먹지, 고민을 하고 있는데 대여섯 살 정도의 노란 프릴 원피스를 입은 여자아이가 뛰어와 시소에 앉았습니다. 시소는 혼자 탈 수 없어, 너도 결국 외롭구나, 하는 생각을 저도 모르게 하고 있는데 멀리서 부부가 다가왔습니다. 아버지가 다른 쪽에 탔고 엄마가 아이를 번쩍 들어 자신의 앞에 앉혔습니다. 아이는 세상에서 제일 신난 듯 까르르 웃었습니다. 그네에 앉은 채로 왼손을 뻗어 그들의 모습을 가려보았습니다. 고시원에 돌아와 누워 제가 가질 수 있을 것 같았던 미래를 떠올렸습니다. 손만 뻗으면 잡을 수 있을 것 같던 그 꿈같은 날들을요. 다시 왼손을 뻗어 천장을 향해 내밀었습니다. 아무것도 손에 잡히는 것은 없었습니다. 왼쪽 얼굴을 손으로 덮어 한쪽 눈을 가렸습니다. 원근이 사라진다면, 멀고 가까움의 차이가 없어진다면 모든 것은 결국 같아질 수 있을 것 같았습니다. 진짜도 가짜도 내가 꿈꾸던 미래와 현실도, 어떤 식으로도 닿을 수 없을 것만 같던 세상도 결국에는 평평해져 가질 수 있을 테니까요. 종이를 꺼내 그림을 보려고 했습니다. 몇 안 되던 색을 아껴 칠하던 뭉툭한 크레파스도 이제는 남아 있질 않았습니다. 연필로나마 다시 그림을 그려보려다 이내 포기하고 말았습니다. 아무도 봐줄 것 같지 않았기 때문이죠. 화려하지 않아서, 색이 얼마 없어서, 선이 거칠고 투박해서. 의미가 없다고 생각했습니다. 그건 세상에서 제가 아무런 의미를 갖지

186   악귀 일기

못하기 때문인지도 모릅니다만. 그림으로 도저히 승부를 볼 수 없다면 방법은 간단합니다. 아예 스케치북을 찢어버리면 됩니다. 저뿐만 아니라 세상 다른 것도 아무 의미를 가질 수 없도록요. 인터넷에 계속해서 댓글을 달기 시작했습니다. 운동으로 몸을 탄탄히 만든 사람에게는 'ㅋㅋㅋ 백 퍼 운동하는 척하고 집에서 먹고 토해서 살 뺄듯'이라고 적었고 경제적으로 어렵지만 열심히 살아가는 가족에게는 '카메라 꺼지면 무조건 애 아빠가 쥐어팸. 원래 가난한 사람들일수록 더 악독한 법임'이라고 달았습니다. 훈훈해 보이는 커플에게는 '남자가 나중에 바람피우고 스토킹할 관상임. 여자분 지금이라도 정신 차리고 안전 이별하시길 ㅉㅉ' 하고 댓글을 달았습니다. 스스로 가치 없다고 느껴진다면 사람들이 중요하다고 생각하는 가치도 부숴버리면 되는 일 아닙니까? 어렸을 적 읽었던 세계 명작 시리즈의 문장이 생각났습니다. 정확한 것은 기억나질 않습니다만 새는 알에서 태어난다. 알은 세계다. 태어나려는 새는 하나의 세계를 파괴해야 한다, 뭐 그런 내용이었던 것 같습니다. 당시 '아브락사스1497'이라는 아이디를 사용하던 저는 우습게도 세상 모든 이치를 깨달았다고 생각했습니다. 삼라만상의 원리와 우주가 돌아가는 방식마저도요. 저만이, 오로지 저를 비롯한 극소수의 깨어 있는 자들만이 세상의 진실을 알고 있고 나머지 사람들은 무지몽매하여 모두 속고 있다고 생각했습니다. 안타까웠고 애처로웠습니다. 세상에 제가 알고 있는 진실을 전해야 했고 그걸 깨닫지 못하는 사람들에게 어떻게든 그 진리를 설파해야 했습니다. 그 과정에서 다소 욕설과 험악한 말들이 오간 것은 인정합니다만 아픔 없이 이뤄지는 성장은 없는 법입니다. 새가 깨어나기 위해선 하나의 세계가 파괴되어야 하는 것 아닌가요? 아브락사스—.

***

이제는 정말 모아둔 돈이 바닥을 보이기 시작했기에, 어쩔 수 없이 고시원 공용 주방에서 밥을 먹기 시작했습니다. 밥솥에 밥이 있었고 찬장에는 저렴한 라면이, 냉장고에는 김치와 3종의 반찬이 있어 끼니를 해결할 수 있었습니다. 사람들이 없을 법한 시간에 몰래 나가서 그릇에 밥과 반찬을 담고 서둘러 방으로 돌아와 후다닥 밥을 먹었습니다. 공용 그릇을 부엌에 그냥 놔두고는 했는데 나중에 CCTV를 확인한 총무가 설거지를 해둬야 한다고 짜증을 냈습니다. 어디서 감히 나에게, 하고 속으로 생각했습니다만 그저 죄송하다는 말을 했을 뿐입니다. 어느 날 오후 3시쯤이었습니다. 직장에 다니는 사람들과 학생들은 전부 외출하고 비어 있을 시간이었습니다. 그날도 부엌에 가서 그릇에 밥을 퍼담고 있는데 아주머니 한 분이 식탁 의자에 앉아 도시락통을 올려놓은 채로 벽에 기대어 졸고 계셨습니다. 빌딩 청소일을 하셔서 새벽 3시, 4시에 출근하는 분이라 새벽까지 깨어 있던 저도 몇 번 복도에서 마주친 적이 있었습니다. 고민하다 김치를 꺼내서 썰고 아껴뒀던 참치캔을 방에서 가져와서 김치볶음밥을 만들었습니다. 계란프라이를 올린 뒤 깨를 송송 뿌리니 그래도 좀 먹음직스럽게 보이더군요. 조심스럽게 도시락통을 싱크대로 가져와 열어보니 쉰내가 훅 올라왔습니다. 고시원에서 제공하는 기본 반찬들 밖에는 들어 있지 않았습니다. 텔레마케팅 일을 할 때 만났던 공인중개사 시험공부를 하던 언니가 생각났습니다. 저는 수돗물을 살짝 틀어 통에 묻은 양념을 헹구고 수세미에 세제를 짜 그릇을 닦기 시작했습니다. 조심스럽게 했는데도 달그락 소리가 났는지 아주머니가 깨서 다가왔습니다. 어, 그거 제 것인데요, 하시기에 예, 너무 피곤해 보이셔서요, 라고 하자 왜 남의 물건을 함부로 만지냐며 화를 내실 줄 알았던 아주머니가 밝게 웃으며 학생 고마워요, 답하셨습니다. 나 학생 아닌데 하고 속으로 생각하면서 만들어두었던 김치볶음밥을 내밀며 이거 드세요, 제가 먹으려고 한 건데 너무 많아서요, 라고 하자 어휴, 하며 눈물을 조금 보이셨습니다.

고마워요.

방으로 돌아와 제 몫의 김치볶음밥을 먹으며 생각했습니다. 좀 짠데? 하고 든 생각은 '아줌마가 클레임 걸려고 찾아오는 거 아냐? 괜히 드렸나?'였습니다.

이 일로 한때 인터넷 세상을 주름잡았던 희대의 악플러 아브락사스1497이 정신 차리고 착하게 살기로 마음먹었다고 생각하신다면 그것은 크나큰 오산입니다. 방에 돌아오자마자 제가 노트북을 켜고 한 일은 다음과 같은 글을 쓰는 일이었습니다.

제목: 고시원에서 모르는 아주매미 밥해줬다가 뒤통수 맞은 썰 품ㅋㅋㅋ

내용: 나 갤러리아 포레 3층 사는데 내 소유 빌딩 중에 고시원 들어와 있어서 서민들은 대체 어떻게 사는지 궁금해서 구경 가봄ㅋㅋㅋ 딱 들어가자마자 뛰쳐나가고 싶더라. 어떻게 이런 데서 사람이 살고 있나 싶고. 나야 부모 잘 만나서 지금 명문대 의대 다니면서 내 명의 외제 차 끌고 편하게 살고 있지만 저런 데서 사는 사람들 보면 꼭 부모 탓만은 아니

고 자기가 노력 안 한 것도 분명히 있다고 생각함. 가난하게 태어났다고 끝까지 가난하게 살아가는 거 아니지 않음?

점심때 좀 지나서 갔는데 주방이라고 우리 집 강아지 똘순이 화장실보다 작은 곳이 있어서 들어가 봤더니 아줌마 한 분이 졸고 계신 거라. 그래서 옛날에 우리 집에서 일하시던 분 생각도 나고 해서 밥 대충 차려드렸다. 그랬더니 막 우시데…. 마음 좀 짠하긴 함. 나처럼 가진 게 많을수록 겸손하고 많이 베풀고 살아야겠다는 생각도 좀 들고.

근데 새벽같이 일어나서 골프 라운딩 18홀 돌고 와서 그런지 너무 피곤하고 졸린 거라(72타 빡세게 끊은 건 안 비밀ㅋ) 그래서 문 열린 빈방 있길래 나도 모르게 누워서 자고 있었더니 막 문 두들기는 소리 들림 뭔가 하고 열어봤더니 아주매미 짜다고 난리 치고 먹고 나서 막 왠지 배 아픈 것 같다고 그래서 기도 안 챘는데 마실 용으로 가지고 다니는 내 에르메스 피코탄에서 5만 원짜리 10장 꺼내 주니깐 좋다고 받아 감. 잠깐 더 잠자고 있는데 사람들 계속 문 두들기면서 자기도 오늘 너무 힘들었는데 밥 해주면 안 되냐고 여기 밥 차려주는 사람 있다는 소문 듣고 왔다고 난리 치

악귀 일기

는거ㅋㅋㅋ 씨ㅂ 뭐 심야식당임?

기도 안 차더라 진짜 이래서 사람 함부로 동정하고 그러는
거 아니란 소리 하나보다 서민 체험 한 번 해보려다 졸지에
식순이 노릇하고 올 뻔했는데 착하게 살려고 마음먹었던 거
싹 다 가심ㅋㅋㅋ 가난한 사람들일수록 더 악독하다는 말
들었어도 나는 설마 진짜 그렇겠거니 했는데 맞는 말인 거
같기도 하고~ 나오면서 총무한테 다음 달부터 고시원 계약
해지할 거니깐 알아서 다른 일자리 구하세요 하고 미리 언
질은 해줬다 이 정도면 나 착한 거 ㅇㅈ?

글을 다 적은 뒤 자주 가던 인터넷 게시판 여러 곳에
올렸습니다. 이거지, 이게 진리고 진짜 세상이지, 하는
마음이 들었습니다. 댓글이 달렸다는 알림이 올 때마다
읽어봤습니다.

─욕봤어! 나도 그래서 길 가더라도 함부로 동정 같은 거 안
함ㅠㅠ 나도 갤러리아 포레 사는데 동네 주민들 많네! 언제
마주치면 하이파이브 하면서 지나가면 신기하겠다ㅋㅋ(낮

193

가려서 인사는 못 함!)

– 글 쓴 새끼 분명 고시원 살 듯. 식당에서 쳐 졸다가 밥 얻어
먹은 거 같은데 오늘 한 끼 공짜로 때워서 신났나 보네ㅋㅋ

– 하ㅠㅠ 나도 지난달까지 갤러리아 포레 살다 유엔빌리지로
이사 왔는데 글쓴이처럼 마음 착하고 따뜻한 사람이랑 못
친해지고 이사 온 거 너무 아쉬워ㅠㅠ

– 여긴 다 유엔빌리지 아니면 갤러리아 포레 사네…. 아이
디 옆에 동네 인증이라도 뜨게 해야지 원. 우리 동네 격 떨
어지는 소리 들리게.

흐뭇한 마음으로 누워 바라봤습니다. 이를테면 보리
수나무 아래 정좌하여 제자들에게 설법을 펼치는 붓다의
심정이었을까요. 몰려든 군중들을 빵 다섯 조각과 물고
기 두 마리로 배불리 먹이던 예수님의 은혜로운 마음이
었을까요. 물론 몇몇 거슬리는 댓글도 있었지만 언제든
시대를 앞서나가는 선구자들에는 이를 시기하고 질투하
는 무리가 있기 마련입니다. 그러나 다음으로 달린 댓글
하나에 제 눈길이 멈췄습니다.

악귀 일기

–골프고 의대고 진짜인지는 모르겠고(명품백 이름도 그냥 대충 검색해서 쓴 거 같기는 함. 평소엔 나이키도 짭으로 입고 다닐 것 같음. 나이스 뭐 이런 걸로) 뭔진 모르겠는데 글은 좀 쓰네. 아주머니 밥 해드렸다는 것도 진짜인지는 모르겠는데 진짜라면 본성은 착한 거 같고. 맨날 여기저기 사이트 들락날락하는 거 보면 어차피 인생 망한 것 같은데 여기서 이러지 말고 글이라도 제대로 한번 써보는 건 어떰? 힘내라 나이스.

눈물이 쏟아져 내렸습니다. 태어나서 처음 들어보는 칭찬이었습니다. 언젠가 내가 하고 싶은 것을 찾을 수만 있다면 내 모든 것을 다 내던져서 불태워보고 싶다는 생각을 했던 기억이 스쳐 지나갔습니다. 바다에 떠 있다가 폭풍우를 만나 이리저리 떠돌다가 결국 아무도 없는 돌로 된 무인도에 처박힌 부표지만.

전부 다 지울 수는 없었지만, 지운다고 해서 그 감정들이 전부 사라지는 것은 아니겠지만 인터넷 게시판들에 제가 올렸던 글과 댓글들을 전부 지워나가기 시작했습니다. 심한 말을 했던 사람들에게는 사과했습니다. 고심 끝에 사이트들을 탈퇴했습니다. 아이디 옆에는 얼마나 많은 글과 댓글을 적었으며 얼마나 오랜 시간 활동을 했는지를 알려주는 아이콘과 레벨이 적혀 있었습니다. 한때이것이 저의 세계를 구성하는 모든 것이라고 생각하던때도 있었습니다만 미련 없이 삭제해 버렸습니다. 인터넷 창을 닫으며 마지막으로 사람들에게 정말 하고 싶었지만 할 수 없었던 말을 전했습니다.

미안합니다.

발 디딜 틈 없이 짐이 잔뜩 널브러져 있는 곳곳을 정리하기 시작했습니다. 밥을 먹고 토해놓은 토사물들을하수도에 흘려보내고 방 한쪽 벽에 쌓여 있던 빈 소주병들을 가방에 담았습니다. 백팩을 가득 채우고도 모자라쇼핑백 두 개에 나눠 담았습니다. 제가 토해놓은 봉투들을 보며 위의 크기를 재거나 담배 연기를 보며 폐의 용적을 재고는 했으며 이것이 나의 크기고 세상의 전부라는생각을 했었습니다만 빈 병이 가득 담긴 가방을 짊어지고 나니 허리를 제대로 펴기도 힘들 정도로 무겁더군요. 이게 삶의 무게란 것인가, 하고 허세를 부리려다 아냐, 이건 나의 나태와 태만의 무게야, 라고 생각을 고쳐먹었습니다.

편의점에서 공병을 판 돈으로 샴푸와 바디워시를 샀습니다. 가위와 세면도구를 들고 고시원 공용 화장실로 가 덥수룩해진 머리를 다듬었습니다. 얼굴은 엉망진창이었습니다. 조금이나마 정리해 보니 그나마 조금 낫더군요. 그간은 일주일에 한두 번 정도 공용 비누로 세수만 적당히 하는 것이 전부였습니다. 샴푸로 머리를 감고 바디워시로 몸을 씻었습니다. 방으로 돌아와 보니 이런저런 냄새들이 섞인 악취는 여전했습니다. 손바닥만 한 창문을 열고 크게 숨을 마신 후 내뱉었습니다. 그러던 와중에 다시 눈물이 나더군요. 습후후후수후 습후후수후후.

저를 기억하실지 모르겠습니다. 저는 상담사 김은미였고 누군가의 연인이었으며 친구였다가 친구가 아닌 사이가 되어버리기도 했죠. 하꼬탐방972였고 아브락사스

1497이기도 했습니다. 모든 것을 깨달았다고 생각했지만 결국 깨달은 것은 아무것도 알지 못한다는 사실이었기도 합니다. 이 모든 게 저였습니다만 그중, 저는 아무데도 없었기도 합니다. 진짜 저를 찾고 싶었습니다.

저를 기억하실지 모르겠습니다.

***

인터넷에 글을 올리기 시작했습니다. 검은 바탕에 흰 선으로 머리를 뒤로 질끈 묶은 여자의 뒷모습을 그려 올린 뒤, 악귀 일기라는 제목으로 글을 쓰기 시작했습니다. 때로는 과장했고 때로는 숨겼으며 희극적인 연출을 하기도 했습니다만 그것은 진실에 다가가려는 저의 노력이었습니다. 사람들은 진짜인지 가짜인지를 물었습니다만 그런 것은 중요하지 않았습니다. 제가 살아온 순간들을 적어냈고 숨 쉬듯 글을 써나갔습니다. 어떻게 이렇게 글을 솔직하게 쓸 수 있느냐는 말에 저는 그저 웃어 보였습니다. 저에게는 저 자신 외에는 더 이상 부끄러운 것이 없었으니까요.

정신과에서 상담을 다시 받기 시작했습니다. 진료실에 들어가자마자 펑펑 울게 되었습니다만 아직은 저도 감추고 저를 꾸미고 예쁘게 보이고 싶은 마음이 있었나 봅니다. 어떻게 지내셨어요? 하는 마음에 저는 고시원에서 아주머니에게 밥을 해 드린 이야기를 먼저 꺼냈습니

다. 칭찬을 받을 거라 생각했으나 의사 선생님의 말은 조금 다른 것이었습니다. 이건 그냥 제 생각인데요,

"다른 사람들에게 그렇게 친절을 베푸는 거. 그것도 일종의 증상일 수 있어요. 보통 사람은, 그러니까 보통 사람이 뭔지 정의부터 내려야겠긴 하지만. 아프지 않은 사람들은 보통 그렇게 다른 사람들을 쉽게 돕지는 않아요. 물론 사람을 돕는다는 건 당연히 좋은 일이지만. 아파서, 자기가 아프니까 다른 사람도 아플 거라고 생각해서 그런 거거든요. 남들이 나한테 이렇게 해줬으면 좋겠다는 일을 다른 사람한테 해주는 거죠."

병원에 꼭 꾸준히 나와요, 약도 잘 챙겨 드시고, 라는 말을 뒤로 하고 병원을 나왔습니다. 이때는 이 말이 무슨 뜻인지 깊이 생각하지 않았습니다. 고시원에 돌아와서는 다시 악귀 일기라는 제목으로 글을 써나갔습니다. 속죄하는 마음이었습니다. 댓글들을 읽으며 저를 욕하는 사람과 응원하는 사람들을 지켜보았습니다만 답글을 달지는 않았습니다. 저의 역할은 그게 아니라고 생각했습니

다. 사람들이 어떤 마음으로 인터넷에 댓글을 다는지, 저는 잘 압니다. 누구보다도 잘 알고 있다고 생각해요. 그래서 댓글을 달지 않았습니다. 저의 속죄는 그러한 것이었습니다. 저의 삶의 일부를 던져놓았고 그 속에서 스스로 들여다보기를 바랐습니다. 출판사에서 연락이 오기 시작했습니다. 제가 쓴 글로 책을 출간하고 싶다는 제안이었습니다. 외부 활동을 하는 것에 대한 두려움이 아직 있었지만 용기를 내서 나가보기로 했습니다. 몇 번 미팅이 있었고 이야기가 어느 정도 진전되기도 했지만 결국 출판으로까지 이어지지는 않았습니다. 그들은 제가 쓰는 글과는 달리 〈어느 악플러의 고백, 나는 추악한 인간이었다〉, 〈저는 교제 폭력의 생존자였습니다〉, 〈가해자와 피해자 사이〉 등의 기획을 제안했는데 정말 제가 하고 싶은 건 그런 게 아니라는 생각이었습니다. 물론 매일 고시원에서 제공하는 라면과 밥으로만 끼니를 때우고 있어 200만 원가량의 계약금은 욕심 나는 금액이기는 했습니다. 금전적인 여유가 없었고 글을 쓰는 데 집중하고 싶었기 때문에 정신과에 다니는 것을 당분간 멈춰두기로 했습니다.

그러던 어느 날 올리던 악귀 일기에 댓글이 하나 달렸습니다.

　－안녕하세요. 저 이상한 사람 아니고요. 제 이름은 서민철이라고 해요. 글 보니깐 이과 나오신 것 같은데 혹시 수학잘하시면 저 수학 좀 가르쳐주실 수 있으신가요? 페이는 드리겠습니다.

페이라는 말에 혹했습니다. 연락처를 받고 카카오톡에 등록했습니다. 프로필 사진을 누르니 얼굴이 하얗고 콧날이 오똑한, 잘생긴 남자가 해외로 보이는 장소에서 찍은 사진이었습니다. 자기 사진인가? 하는 의문이 들 정도였습니다. '수학이라니 어떤 걸 배우고 싶으신데요?' 하고 묻자 '저 사실 나눗셈을 못 해요ㅋㅋㅋㅋㅋ'라는 답장이 왔습니다. 장난이 아니라는 말도 덧붙였습니다. 결국 주 2회, 1회에 두 시간, 시간당 3만 원이라는 금액으로 이 기묘한 과외를 시작하기로 했습니다. 서점에 가서 무엇을 어떻게 가르쳐야 할지 생각하니 절로 한숨만 나왔습니다. 결국 초등학교 저학년용 교재를 두어 권

샀습니다. 멀리 외출을 못 하는 저의 상태 때문에 집 근처 카페에서 진행하기로 했습니다. 약속 시간에 맞춰 미리 나가 앉아 있는데 카페 문을 열고 한 남자가 들어왔습니다. 180센티미터 정도 되는 키에 프로필 사진과 똑같이 생긴 남자가 들어왔습니다. 저도 모르게 어깨가 움츠러들었습니다. 카페 안에 있던 사람들의 시선이 전부 그에게로 집중되었습니다. 두리번거리는 그를 향해 저는 손을 들며 여기요, 하고 말했습니다. 가까이에서 본 그는 오른쪽 눈 밑에 작은 점이 하나 있었습니다. 서른두 살에 강남구 신사동에 살고 있으며 현재는 일을 잠시 쉬고 있다고 자신을 소개한 그는 신사동이라는 말을 할 때 은평구 아니고 강남구요, 라는 말을 강조하며 덧붙였습니다. 웃을 때 유난히 하얀 이빨이 가지런히 드러나 보였고 손목에는 명품 시계를 차고 있었습니다. 노트에 간단한 나눗셈 문제를 몇 개 적어보았습니다. '$32 \div 4 =$, $72 \div 8 =$' 등의 간단한 문제였습니다. 그는 머리를 두 손으로 싸매더니 웃으며 말했습니다.

"몰라요. 저 진짜 하나도. 처음부터 가르쳐주셔야 해요."

"혹시 구구단은 아세요?"

"알죠. 그럼 그 정도는."

"외워보실래요?"

그는 잠시 머뭇거린 뒤 답했습니다.

"솔직히 말씀드릴게요. 저 3단까지는 확실히 알아요. 근데 4단부터는 좀 천천히 생각하면서 외워야 외울 수 있어요."

"그럼 4단 외워보실래요?"

"어? 바코드다."

그는 제 왼쪽 손목을 가리키며 말했습니다. 급하게 나오느라 팔목에 생긴 흉터들을 미처 가리지 못했습니다. 황급히 오른손으로 왼쪽 손목을 가리자 그는 별거 아니라는 듯 웃으며 말했습니다.

"괜찮아요. 저도 있어요. 그거."

화려해 보이는 손목시계를 풀자 그의 손목에도 기다란 상처들이 여러 개 나 있었습니다.

"어렸을 때 다들 뭐. 철없을 때 한 번씩 그어보고 그러는 거죠."

그는 대수롭지 않게 말했지만 저는 최근에 만들어낸 상처라는 것이 조금 부끄러웠습니다. 결국 그의 구구단 4단 암송은 듣지 못한 채로 첫날의 수업은 끝이 났는데 그가 쉬지 않고 자신의 이야기를 털어놓았기 때문입니다. 한시라도 말을 멈추지를 못하는 사람이었습니다. 상담사로 일할 때도 느끼지 못했던, 귀가 따갑다는 것을 태어나서 처음으로 느껴봤습니다만 그의 말을 계속해서 듣고 있었던 이유는 한 시간의 시급이 3만 원인 꿈같은 아르바이트였고 그가 빨리 나눗셈을 익혀버린다면 저의 유일한 수입원이 사라지는 게 두려웠기 때문입니다.

몇 번의 수업을 거치면서 저는 그에 대한 많은 정보를 물어보지 않고도 알게 될 수 있었습니다. 전 거짓말이 싫어요. 복잡하게 머리 쓰지 않고 솔직한 게 서로 편하잖아요, 하고 말한 그는 저에게 물었습니다.

"근데 예전에 악플 많이 쓰고 그러셨다면서요?"
"예."
"왜 그러셨던 거 같아요?"

저는 그때 이상하게도 나카무라 김이 떠올랐습니다.

"니체가 그런 말을 했대요."
"니체가 뭔데요?"
"아…, 그 독일의 철학자인데요. 악의 심연을 들여다보지 말아라. 그럼 악도 그 심연 속에서 너를 들여다본다, 그런 말을 했대요. 근데 저는 제가 굉장히 나쁘다고 생각했거든요. 돌이켜보면 너무 외로웠던 것도 같아요. 그래서 저는 저 자신이 어둠이 돼서 누군가가 저를 들여다봐 주길 바랐던 것 같아요."
"아 그렇구나. 근데 저 독일 가봤어요. 한두 번? 세 번인가?"

악귀 일기

"네…."

"여자친구가 사업을 크게 하거든요. 그래서 해외 여기저기 많이 다니는데 저도 따라다녔어요. 세계 안 가 본 나라가 없어요, 제가."

저는 카카오톡 프로필 사진에 올라와 있던 모습을 떠올렸습니다.

"근데 두 분은 어디서 만나신 거예요?"

"저희요? 저희 음. 술집에서요."

"아, 헌팅 포차?"

"아뇨, 아뇨. 제가 일하던 술집에서요."

여자친구가 저보다 나이가 좀 많아요, 한 열일곱 살? 을 시작으로 그는 연애사를 털어놓기 시작했습니다.

"제가 일하던 곳은 아무나 갈 수 있는 호빠나 아빠방 이런 거 아니고요. 텐프로 있죠. 그거 남자 버전이라고 생각하시면 돼요. 회원제로 멤버십 있어야만 들어올 수 있고 연예인들이나 유명한 사람들도 조용히 술 마시고 싶을 때 많이 와요. 거기서 만났어요. 그때 제가 빚이 좀 있었는데 한 2억? 그걸 다 갚아주고 술집 그만두고 만나기 시작한 거죠."

저는 그제야 30대 초반의 무직 남성이 신사동, 그의 말대로 은평구가 절대로 아닌 강남구 신사동에서 혼자 거주할 수 있다는 것과 그의 몸에 둘린 화려한 명품들이 조금씩 이해가 가기 시작했습니다.

"근데 요새 여자친구랑 사이가 좀 안 좋아요. 사실은 안 본 지 꽤 됐어요. 여자친구가 헤어지자고 해서요. 여자친구 마음을 잘 모르겠어요. 여자친구가 굉장히 신뢰하는 무당이 있는데, 아, 큰 사업 하는 사람들은 원래 오히려 무속인 말을 끔찍이 믿고 그런대요. 그 무당이 저랑 헤어지라고 했대요. 아들도 하나 있어요. 저보다 네 살인가 어려요. 멀리서 보기만 했어요. 몇 달 전에 헤어지자고 말하면서 1년 유예 기간을 주겠대요. 지금 살고 있는 집도 여자친구가 해준 반전세인데 보증금은 저 다 줄 거고 여자친구 자회사 중 하나에 지금 직원으로도 등록된 상태예요, 제가. 월급으로 200씩 받고 있고요. 이것도 이제 몇 달 안 남았어요."

제가 받는 시급 3만 원의 출처도 밝혀졌습니다.

"근데 자꾸 의심하는 거 같은 거예요. 해외 나가서도 막 영어 간판 같은 거 한번 읽어보라고 저한테 시키고. 마트 같은 데 가서도 뻔히 계산 금액 다 뜨는데 그거 손으로 가리면서 자, 이제 우리가 거스름돈 얼마 받으면 되지? 물어보고. 얼버무리면서 장난치지 말라고는 했는데 아무래도 눈치챈 것 같아요. 그래서 헤어지자고 하는 걸까 봐 지금이라도 수학을 배워보려고 연락드린 거예요."

수학이 아니라 나눗셈은 산수, 라는 생각을 하며 말했습니다.

"그럼 지금 열심히 배우셔야겠죠? 자, 7 곱하기 3은 뭘까요?"

몰라요. 그는 다시 그 새하얀 이를 드러내어 보이며 활짝 웃었습니다. 모른다는 말을 하는 것에 그는 거침이 없었습니다. 모르는데 괜히 아는 척하다 들통나는 것보단 모르는 걸 솔직하게 모른다고 말하는 게 좋잖아요, 라는 논리가 있었습니다만 매번 그것을 하나의 무기처럼 사용한다는 것이 문제였습니다. 오히려 스스로 모른다는 말을 할 때 일종의 과장된 자부심마저 엿볼 수 있었는데 그것은 자신이 솔직하다는 것을 드러내는 수단처럼 사용하고 있다는 생각이 들었습니다.

고시원에 돌아와서는 다시 글을 써서 올렸습니다. 출판사의 제의가 번번이 수포가 되고 낙심하던 차에 독립출판에 대해 알게 됐습니다. 때마침 누구나 '60분이면 책을 만들 수 있다'라는 제목의 원데이 클래스가 열리는 것을 보고 독립서점이라는 곳도 구경차 한번 찾아가 보게 되었습니다. 열 평 남짓한 공간이었고 일반 대형 서점에서는 찾아볼 수 없는 책들이 놓여 있었습니다. 이런 것도 책이 될 수 있나 싶은, 막노동을 나가는 방법에 대해 적어낸 책도 있어 저는 웃었습니다. 강사는 독립출판을 통해 책을 냈다는 사람이었는데 어눌한 말투에 허무맹랑한 것 같으면서도 이야기를 듣다 보면 왠지 저도 할 수 있을 것만 같았습니다. 강의 마지막, 그는 말했습니다. 한 권의 책을 쓰는 가장 빠른 방법은 이런 강의를 들으러 다니거나 출판 강좌를 찾아 들으러 다니는 것이 아니라고요. 책상에 앉아서 컴퓨터나 공책을 펴두고 첫 문장을 적어가기 시작한 뒤, 마지막 마침표를 찍을 때 비로소 한 권의 책이 완성될 수 있다는 내용이었습니다. 그 말이 저에게는 되게 와닿았어요. 매일 좁은 고시원 방에서 컴퓨터 앞에 앉아 혼자 울고 웃으며 글을 쓰고 있었지만 사실 왜 쓰는가, 이게 어떤 의미가 있는가에 대해선 저도 이유를 찾을 수 없었습니다. 물론 책을 내는 게 글을 쓰는 유일한 목적이 될 수는 없겠죠. 그러나 하고 싶었으나 할 수 없었던 이야기들, 누구도 내 이야기를 들어줄 것 같지 않아 답답했던 시간들. 옥상에 올라가 소리쳐봐도 어디에도 닿지 않던 목소리들을 한 권의 책으로 펴내고 싶다는 생각을 했고 독립출판이라면 그것이 가능할 것 같았습니다. 강사에게 뭔가 더 묻고 싶었던 것이 있었지만 강의가 끝났으니 얼른 나가보라고 손사래를 치는 바람에 서둘러

나설 수밖에는 없었습니다.

과외도 성공적으로 이루어져 어느덧 그도 5단까지는
거뜬하게 외우게 되었습니다. 단순 암기보다는 원리를
이해시켜 학습하는 데 중점을 두었습니다.

"이것은 사실 수열이라는 거예요. 6 곱하기 1이 6인
이유는 6이 하나라는 뜻이에요. 6 곱하기 2가 12인 이유
는 6이 두 개이기 때문이죠. 그럼 6 곱하기 3은 6이 몇 개
겠어요?"

"세 개요."

"그래요, 맞아요. 잘했어요. 그럼 6이 세 개 있으면
몇이죠?"

저는 나름의 보람마저 느꼈습니다. 물론 수업은 공부
하는 시간보다 그의 이야기를 듣는 시간이 더 길기는 했
습니다.

"저는 버스랑 지하철 타는 법을 몰라요. 원래는 가수

가 되고 싶어서 고등학교 때 연예인 기획사에 들어갔어요. 잘 찾아보시면 제가 출연한 뮤직비디오도 있고 그래요. 원래 데뷔하기 전에는 여기저기 뒤에서 백댄서도 해주고 그러는 거예요. 근데 절대 하면 안 되는 게 있어요. 드라마 OST는 부르면 안 돼요. 그거 부르면 끝이에요, 끝. 가수로 쳐주지도 않아요. 저 연습할 땐 진짜 잘나갔어요. 매주 시험을 보면 연습생들 사이에서 1등 하고. 저는 재능 없는 애들이 뭔가를 해보려고 까부는 걸 보면 화가 나요. 그런 애들은 진짜 빨리 포기하고 어디 가서 장사하거나 그래야 해요. 그러다가 돈이 좀 필요해서 가라오케에서 일했어요. 지금 데뷔한 친구 중에서도 알바하던 애들 많아요. 그냥 돈 많은 사람들 술 마시고 있으면 앞에서 노래하거나 춤추고 그러는 거예요. 개그팀도 있고 홀딱쇼라고 해서 옷 벗고 춤추는 사람들도 있어요. 중견 배우 그분 아시죠? 얼마 전 영화에도 나왔던. 그 사람이 제 노래를 참 좋아해서 가게에 오면 저만 찾았어요. 제 노래를 들으면 술맛이 돈다고요."

저는 그가 구구단에 재능이 있는지 없는지를 고민하

213

다 물었습니다.

"근데 정말 버스랑 지하철을 못 타세요?"

"어렸을 때 빼고는 몇 번 안 타봤어요. 가라오케에서 일하다가 빚을 좀 지게 됐어요. 그래서 그때 만나던 여자 친구가 가게를 하나 소개해 주더라고요. 여긴 그나마 안전하다고요."

"안전이요?"

"수위가 낮다는 거죠, 뭐."

그래도 술집에서 일하면 여자친구분이 많이 슬퍼하셨겠네요, 하고 묻자 그는 말했습니다.

"아뇨. 기뻐하던데요? 저 초이스 잘된다고. 오히려 뿌듯해했어요, 걔는."

저랑 지금 앉아 있는 것만 해도 한 시간에 수십만 원 버시는 거예요, 그는 웃으며 말을 이어 나갔습니다.

악귀 일기

"버스랑 지하철은 탈 일이 없죠. 콜떼기라고 해서 강남 골목 다니는 차가 있어요. 월 60 주면 한 달 동안 하루에 두 번 탈 수 있어요. 그 이상은 돈 더 줘야 하고. 그때 만나던 여자친구가 집착이 심했어요. 웃긴 건 술집에서 남자가 술 따르는 건 괜찮은데 자기 곁을 떠나는 건 못 견뎌 했어요. 바람도 많이 피웠어요, 그 친구가. 얼굴도 못생기고 키도 작고 뚱뚱했는데 저보다 나이도 많고. 처음에 되게 불쌍해 보였거든요. 전 항상 저보다 나이 많은 여자만 만났어요. 근데 웃긴 게 뭔지 아세요? 꼭 쥐뿔도 없는 애들이 바람은 더 많이 피우더라고요. 그래서 헤어지자고 하면 울고불고 붙잡고. 한번은 감금도 당했어요. 자기 집에 가둬두고 못 나가게 막더라니까요."

"감금이요?"

"네. 나가면 너 죽이고 나도 죽겠다고. 칼을 정말 목까지 들이밀었어요."

"칼을요? 어떻게 빠져나오셨어요? 빠져나오긴 했어요? 빠져나오셨으니깐 지금 여기 계신 거겠죠?"

"거기가 3층이었는데 여자친구가 외출한 틈을 타서 베란다로 배수관 붙잡고 기어 내려왔죠, 뭐. 제가 춤으로 단련이 되어 있어서 체력이 좋잖아요. 더 웃기는 건 뭔지 아세요? 간신히 도망 나왔는데 여기가 어딘지를 모르겠는 거예요. 택시 탈 돈도 없고 버스나 지하철을 타본 적이 없으니까 어디를 어떻게 가야 할지 알 수가 없었어요. 그래서 다시 엘리베이터 타고 올라가서 현관문 앞에서 기다렸어요. 여자친구 올 때까지. 그렇게 계속 만나다가 지금 만나는 여자친구 만나서 정리했죠."

애인의 바람과 스토킹으로 괴로웠다는 얘기에 제 마음이 흔들렸습니다. 저의 과거의 사건들이 떠올랐고 어쩌면 이 사람이라면 저를 이해해 줄 수 있다는 생각이 조금씩 들기 시작했습니다.

"아, 맞다. 저 요새 책 만들어요."

"책이요? 저 살면서 책 한 권도 안 읽어봤어요."

"아, 네…. 독립출판이라는 게 있어서 그걸 한번 해보려고요."

"지금 인터넷에 올리는 글로요? 저도 재밌게 읽었어요. 다는 못 읽었지만."

응원에 조금 힘이 났습니다. 어쩌면 저도 기댈 곳이 필요했는지도 모릅니다. 그와 과외하는 날 이외에도 간간이 만나 커피를 마시거나 밥을 먹기도 했습니다. 제가 내겠다는 말에도 극구 만류하여 계산은 항상 그가 했습니다. 떨떠름한 마음이 있었는데 그가 내미는 카드에 그의 이름이 아닌 여자의 이름이 적혀 있는 것을 보고 편히 얻어먹기로 했습니다. 제가 평소 먹어보지 못했던 고가의 음식들을 사주고는 했습니다. 저 이런 건 처음 먹어봐요, 하고 눈이 휘둥그레지면 정말요? 이게 뭐라고, 하며 그가 더 놀라고는 했습니다. 글 쓰시려면 필요하시죠? 하며 노트북을 내밀기도 했습니다. 제가 사용하던 건데 저는 잘 안 써서요, 게임도 안 하고. 그가 건네주는 노트북은 제가 가진 것보다 성능이 월등히 높았습니다. 한사코 거절해도 물건은 필요한 사람이 사용하는 게 맞다며 건네주었습니다. 제가 무료할 때나 그 무료함이 짙어져 외로움으로 번질 무렵마다 그는 안부를 묻거나 찾아와 시간을 보내고는 했습니다. 어쩌면 이 사람이라면 나를 이해해 줄지도 몰라, 내 고독을 감싸안아 줄지도 몰라. 이만큼 아픈 사람이라면. 이만큼 아파봤던 사람이라면.

써놓은 글을 모아서 카테고리를 정해 분류했습니다. 제목은 이미 인터넷에 올리던 대로 악귀 일기로 표지는 여자의 뒷모습 그림으로 정했습니다. 어느 정도 책의 형태를 갖추는 것을 보니 점점 마음이 설렜습니다. 처음으로 제가 정말 원하는 것을 제힘으로 만들어내는 기쁨이었습니다. 그러나 자꾸 "저는 아무것도 할 줄 아는 게 없어요"라는 민철 씨의 말이 떠올랐습니다. 그가 작은 것이라도 성취감을 느낀다면 조금 더 힘을 낼 수 있을 것 같았습니다. 그에게 연락했습니다.

— 혹시 그림 그릴 줄 아세요?

— 그림이요? 왜요?

— 책에 넣을 그림이 필요해서요. 삽화가 들어가면 더 책 같아 보일 것 같아서.

— 예전에 취미로 그려본 적은 있는데. 저 학교 다닐 때 애들 막 만화 캐릭터 그려주고 그랬어요.

— 그래요? 그럼 몇 개 그려주실래요?

— 근데 있잖아요, 이거.

— 네.

─그냥 저한테 뭐라도 시켜주려고 부탁하시는 거 아니에요?

─아녜요. 정말 필요해서 그래요. 제가 그림에는 소질이 없어서요.

─알겠어요. 그럼 한번 그려볼게요.

─네. 지금은 혹시 뭐 하세요?

─샵에서 피부 관리받고 있어요.

저는 말했습니다. 그림을 보내주셔도 그걸 어디에 어떻게 넣는지는 전적으로 제 의사에 달린 일이라고. 그는 흔쾌히 수긍한 뒤 며칠 뒤 그림을 보내주었습니다. 나쁘지는 않았기에 고맙다는 인사를 전했습니다. 장 표지에 들어갈 꽃 그림 몇 개를 더 요청했습니다. 악귀 일기라는 다소 어둡고 험악한 분위기의 제목에 반하는 꽃 그림이 들어간다면 그 아이러니가 주는 느낌도 좋을 것 같다는 판단이었습니다. 며칠 뒤 과외가 끝난 뒤 카페에 앉아 편집을 했습니다. 그가 구경하겠다며 옆에 앉았습니다. 출판사나 독립출판을 하시는 분들은 인디자인이라는 전문 프로그램을 사용하시는 것 같았으나 제가 사용하기에는 어려울 것 같아 그냥 한글 워드 프로그램을 사용했습니다. 페이지에 여백에 맞춰 삽화를 넣고 있는데 옆에서 그가 손가락으로 모니터를 가리켰습니다.

"이 그림은 조금 더 키우고 오른쪽으로 옮겨요."

"네?"

"그게 더 예뻐요."

"아…. 근데 이거 제가 생각하는 대로 하는 게 맞는 거 같아서…."

그러자 그는 화를 냈습니다.

"그럼 왜 저한테 그림 그려달라고 했어요? 그냥 노니깐 우스워 보였어요? 심심해서 동정한 거예요?"

"아뇨, 그런 게 아니고…, 정말 그림이 필요해서…."

결국 그가 원하는 대로 그림의 크기와 위치를 바꿨습니다. 표지를 만들 때도 그의 요구는 계속되었습니다.

"그림 조금 더 선을 굵게 하시고 글자 크기 두 개만

더 키우세요."

"전 그건 좀 아닌 거 같은데요…."

"디자인 부탁하신다면서요. 그럼 제 의견을 존중해
주셔야 하는 거 아닌가요?"

오랜만에 생긴 친구를 잃기 싫었습니다. 그가 보여주
던 따뜻함이 사라질까 두려웠습니다. 그 밝음이 사라지
면, 저는 다시 어둡고 음습한 시절로 돌아갈 것 같아 덜컥
겁이 났습니다. 그의 의견을 따르는 수밖에 없었습니다.

며칠 뒤에는 그가 몇 개의 글을 메시지로 보내왔습니
다. '은미 씨 글 제가 한번 고쳐 봤어요. 이렇게 바꾸는
게 좀 더 잘 읽힐 것 같지 않아요?'라는 말과 함께 그가
보내온 글을 읽었을 때는 이건 아닌 것 같다고 생각했습
니다.

– 저, 민철 씨. 한 가지만 부탁할게요. 제가 쓰는 글에 대해
서는 뭐라고 하지 말아주세요. 무슨 글을 쓰고 있는지 앞으
로 뭘 쓸 건지 또 이 글은 왜 쓴 건지 물어보지 말아 주세요.

어떤 글을 썼으면 좋겠다나 글을 수정해서 보내시는 것도
하지 않아 주셨으면 좋겠어요.

–네? 왜요?

–그냥. 그러는 게 맞는 것 같아요.

–근데 제가 고친 게 확실히 더 잘 읽히지 않아요?

–그건. 제가 원해서 일부러 그렇게 표현하고 쓴 거예요.

–아 그래요? 알겠어요. 근데 대신 디자인만큼은 저에게 확
실히 맡겨주세요. 글은 은미 씨. 디자인은 저 이렇게.

–네…. 그럼 그렇게 해요.

을지로에 있는 인쇄소에 파일을 보내고 며칠 뒤 책이
작은 트럭에 실려 온 순간을 잊지 못합니다. 방 안까지
박스를 옮기는 것은 고시원 총무가 도와주었습니다. 비
록 종이박스에 담긴 책들을 보관할 곳이 없어 고시원 방
이 발 디딜 틈 하나 없이 좁아졌지만 저는 제가 쓴 글들
로 가득 쌓여 있다는 생각에 즐거웠습니다. 독립책방에
입점 제안서를 메일로 보내고 응답이 온 서점들에 택배
로 책을 보냈습니다. 다음 과외 시간에 카페에 책을 들고
가서 민철 씨에게 보여줬습니다.

"한번 보실래요? 어제 제 책 나왔어요."

"아, 축하해요. 이거 저 주시는 거예요?"

"네. 선물로 드릴게요. 처음 드리는 거예요."

"영광이네. 근데 있잖아요, 은미 씨."

"네."

"왜 제 책이라고 말해요?"

"네?"

"우리 같이 만든 책 아니에요? 왜 계속 제 책이라고 말씀하세요?"

확실히 《악귀 일기》의 서지정보에는 '디자인 김은미, 서민철'이라는 항목을 적어두었습니다. 그를 위한 배려였을 뿐입니다. 하지만 그렇게 생각할 수도 있겠다 싶었고 저에게는 그렇게 중요한 일이 아니라고 생각했습니다.

"우리 책이죠. 그렇죠. 우리 책 어제 나왔어요."

그가 떠나가는 것이 두려웠습니다. 혼자 남겨지고 싶지 않았습니다. 얼마 뒤 저희는 잠자리를 함께하게 됩니다. 자고 일어나보니 그가 제 얼굴을 빤히 들여다보고 있더군요. 뭐예요, 안 잤어요? 하고 묻자 그는 밤새 잠 한숨 안 자고 제 얼굴을 보고 있었다고 했습니다. 처음이라고. 첫사랑 이후로 이렇게 누군가를 보고만 있어도 행복한 느낌이 드는 건 처음이라면서요. 그에게 특별한 사람이 된 것 같았습니다. 그런 사람이고 싶었고요. 하지만 그 뒤에도 그는 계속 전에 만나던 사람을 여자친구라고 호칭하고는 했습니다. 그때도 쉬지 않고 그녀 얘기뿐이었거든요. 혹시 그의 기분이 상할까 봐 한참을 전전긍긍하다 저는 그에게 물어보았습니다.

"저기 근데, 왜 계속 그 사람을 여자친구라고 해?"
"여자친구니깐 여자친구라고 하지, 왜?"
"그럼 난 뭐야?"
"아, 미안. 그럼 그 사람은 전 여자친구라고 할게. 됐지?"

의식해서 말을 하다 보니 '전'이라는 글자에 묘한 강세가 들어가 더욱 우스운 꼴이 되고 말았습니다. 저에 대한 그의 마음에 확신이 들지 않았던 것은 몇 가지의 사건 때문이었습니다. 이건 제가 크리스마스의 악몽이라고 이름 붙인 일입니다.

그와 처음으로 함께 보낸 크리스마스는 제가 지내던 고시원 방이었습니다. 그의 집은 절대 안 된다고 하여 고시원 총무 몰래 숨어들어왔습니다. 스파이 놀이를 하는 기분이라 신이 났습니다. 둘이 있으면 손도 제대로 뻗을 수 없을 정도로 비좁았지만 함께 있는 것이 기뻤습니다. 얼마 만에 다른 사람과 함께 보내는 크리스마스였는지 기억도 나지 않았습니다. 그가 사 온 고급 케이크, 크레이프 케이크라는 것도 처음으로 먹어보았습니다. 촛불을 켜고 서로를 보며 소리가 나지 않게 박수 치기도 했습니다. 그러던 중 그에게 전화가 한 통 걸려 왔습니다. 화면에 뜬 이름을 보더니 놀라 손으로 가리더군요. 저는 대번에 알아차렸습니다. 그 여자구나. 그가 나가서 전화를 받고 오겠다며 방문을 나가려고 하더군요. 저는 말렸습니다. 안 받으면 안 돼? 그는 그녀와의 통화가 절실해 보였습니다. 안 돼, 이거 꼭 받아야 해. 잠깐만 나갔다 올게.

"안 돼. 나가면."

"왜?"

"총무한테 걸려."

그렇게 손조차도 제대로 뻗을 수 없는 비좁은 공간에서의 기묘한 통화는 시작되었습니다. 저는 전화기 너머 들려오는 그녀의 목소리조차 듣는 것이 괴로웠기에 귀를 꼭 막았습니다. 그가 그녀와 대화하고 있다는 것 자체만으로도 싫었습니다. 그렇게 통화가 종료되고 한참 저희는 말이 없었습니다. 저는 무심결에 물어봤습니다.

"저기 혹시, 미안한 마음은 있어?"

"미안하지, 당연히. 그 사람은 날 살게 해준 사람이야. 나한텐 어머니 같은 분이야."

그제야 저는 깨달았습니다. 나한테는 미안한 마음이 없구나. 그의 논리는 이러했습니다. 평생 술집에서 못 빠져나오고 썩을 줄 알았는데 여자친구, 아니 전 여자친구 때문에 겨우 빠져나오게 됐다. 그래서 우리도 만날 수 있

악귀 일기

었고 그러니깐 너도 그분에게

감사하는 마음을 가져야 한다.

기쁨과 축복과 사랑과 평화와 그리고 감사하는 마음
이 가득한 크리스마스였습니다.

***

    몇 달이 지나고 그와 그의 전 여자친구가 약속한 1년
이 다가왔습니다. 마지막으로 정리할 것이 있다며 만나
러 가겠다고 했습니다. 저는 말릴 수도, 싫다는 말도 할
수 없었습니다. 어디서 보는데? 우리 집에서. 왜 집에서
봐? 무슨 소리야, 원래 그 사람이 해준 집이잖아.

    시간이 지날수록 피가 말라붙는 기분이었습니다. 약
속은 7시였습니다. 밤 11시가 다 되어도 그에게서는 연
락이 없었습니다. 저는 용기를 내서 그에게 전화를 걸었
습니다. 예상외로 그는 바로 전화를 받았습니다.

    —어, 왜.
    —저기 그. 잘 만났어?
    —뭐, 밥 먹고 얘기하고 깔끔하게 마무리했어.

    그의 목소리는 묘하게 차분한 구석이 있었습니다.

—어떻게 하기로 했어?

　—어떻게 하긴 뭘 어떻게 해. 약속한 대로 이 집 보증금은 내가 갖고 뭐 그런 거지.

　—아, 그래? 별다른 말은 없었고?

　—어. 근데 나보고 묻더라. 크리스마스에 혹시 누구랑 같이 있었냐고.

　—그래서 뭐라고 했어?

　—집에 혼자 있었다고 했지. 말 잘못했다가 이 집 보증금까지 못 받게 되면 어떻게 해? 네가 책임질 거야? 근데 물어보더라. 그럼 왜 크리스마스에 이 집 불이 꺼져 있었냐고. 가슴이 철렁하더라. 그래서 할 거 없어서 혼자 술 마시고 일찍 잤다고 둘러댔지, 뭐.

　내연녀가 된 듯한 기분이었습니다. 그는 언제든 그녀가 부르면 떠나갈 사람처럼 보였고 저는 어떻게든 그를 붙잡고 싶었습니다. 저희가 교제를 시작한 지, 교제라고 봐도 될지는 모르겠습니다만 얼마 되지 않은 새벽 그는 메신저를 통해 제가 살아온 날들에 대해 세세히 물어봤습니다. 어디서 어떻게 태어났고 학창 시절은 어땠으며 부모님은 어떤 분이셨는지, 대학 생활은 어땠고 직장은 어디 어디를 다녔는지. 저는 초조한 기분으로 제 인생에서 하나라도 빼놓고 이야기한다면 그를 잃을 것 같은 마음에 전부 이야기했습니다. 차마 글로도 쓰지 못한 제가 정말로 숨기고 싶은, 누구에게도 절대 말하지 않으리라 다짐했던 비밀들까지요. 그 악몽 같은 고해의 순간이 지난 후 저는 그가 저를 위로할까, 안타까워할까 아니면 그런 일까지 겪었을 줄은 몰랐다며 실망하며 떠나갈까, 두려웠으나 그가 한 말은 뜻밖의 것이었습니다.

－근데 있잖아. 그거 전부 진짜 있었던 일이야?

－뭐?

－아니 실제로 일어났던 일이냐고. 네가 그냥 있었던 일이라고 상상하는 게 아니고?

－확실해. 내가 왜 그런 거짓말을 해?

－내가 비슷한 경험이 있어서 그래. 내가 어렸을 때 누나한테 엄청나게 뚜드려 맞았거든. 어린 시절엔 누나가 더 체격이 좋으니까. 진짜 말도 못 하게 맞았는데 나중에 누나한테 물어보니 자기는 그런 기억이 없다고 하더라고. 그러니깐

몇 개는 자기도 확실히 기억하는데 몇 개는 전혀 그런 적이 없다고. 네가 잘못 기억하는 거 아니냐고. 너도 그런 거 아냐?

－아냐 확실해. 정말 있었던 일이야.

－뭐 그럴 수도 있겠지. 알겠어. 그럼 난 잘래, 이제.

메신저 대화가 끝난 시간은 새벽 6시, 손바닥만 한 창밖으로 동이 터오고 있었습니다. 저는 가슴이 쿵쾅거렸지만 어째서 심장이 이렇게 빨리 뛰는지는 알 수 없었습니다. 불안했습니다. 메신저 창이 꺼지고 난 뒤에 찾아오는 모니터 위의 어둠. 그가 다시는 저에게 돌아오지 않을 것 같다는 두려움.

책은 생각보다 잘 팔렸습니다. 물론 많은 수량을 인쇄한 것은 아닙니다. 인터넷 게시판 구독자분들과 '옛날에 아브락사스1497 기억함? 걔 책 냈다고 함ㅋㅋㅋ'이라는 게시물을 보고 저의 근황을 궁금해하던 사람들이 책을 사주기도 했습니다. 재입고를 여러 번 한 책방도 있었고 몇 군데에서는 북토크를 제안해 오기도 했습니다. 그

중 집에서 가까운 책방에 가보기로 했습니다. 민철 씨도 재밌겠다며 같이 가겠다고 했습니다. 저의 지난 과거로 사람들이 경멸하거나 비난하지는 않을까 하는 불안은 있었습니다만 따뜻한 눈빛으로 경청해 주었습니다. 제 말을 귀 기울여 들어주는 사람들이 있다는 것이 기뻤습니다. 저도, 저 같은 사람도 목소리를 낼 수 있다는 것. 첫 시도로 용기를 얻은 저는 몇 번의 북토크에 더 나가보았습니다. 감사하게도 저를 불러주셨습니다. 사람들은 박수를 쳐주기도 했습니다. 그래도 마음속 깊은 곳에서는 항상 저 사람들이 정말 날 좋아해 주는 걸까 하는 의구심이 있었습니다. 북토크를 마친 뒤 집으로 돌아가던 어느 날 그가 저에게 말했습니다.

"이제 좀 바꿀 때가 됐어."

"뭘?"

"북토크. 말하는 거 매번 똑같잖아. 좀 새롭게 구성해야 해. 변화 없이 정체되면 사람은 나태해지는 거야."

"그래?"

심드렁하게 넘겼습니다. 그래도 고시원에 돌아와서는 미리 준비해 두었던 북토크 대본에 수정할 것이 있나 요리조리 고쳐보기도 했습니다. 다음 북토크에서 저는 좀 당황했습니다. 생각 외로 많은 사람이 찾아왔습니다. 서른 명 정도의 사람이 있었고 대학 시절에도 발표 수업은 기를 쓰고 피해 다니던 저라 이렇게 많은 인원 앞에서 말해본 것은 처음이었습니다. 잘 해낼 수 있을지 불안했습니다. 손에서는 진땀이 났습니다. 정신없이 북토크를 마친 뒤 독립책방 근처 카페에서 잠시 숨을 돌리고 가기로 했습니다.

"오늘 진짜 사람 많았다. 그치? 떨려서 죽는 줄 알았네."

"왜 안 바꿨어?"

"어?"

"저번이랑 말한 내용 똑같았잖아."

"나도 준비를 좀 해보긴 했는데. 오늘 사람들도 생각보다 많았고 정신없어서 그냥 원래대로 했어."

"실망이야."

이때는 좀 너무하다는 생각에 언성을 높여 따졌습니다.

"오는 사람들도 매번 달라지는데 바꿀 필요가 있어? 사람도 많았는데 긴장 안 하고 잘했다고 말해주면 안 돼?"

"잘했어야 잘했다고 말하지. 바뀐 게 아무것도 없잖아?"

할 말이 없어서 애꿎은 커피만 마셨습니다. 한참 말이 없던 그는 고개를 숙이더니 중얼거렸습니다.

"없어…."

"뭐가? 뭐 잃어버렸어?"

저는 테이블 주위를 이리저리 살펴보았습니다. 그러다 그가 잃어버린 것이 무엇인지조차 모른다는 생각에 다시 고개를 들어 그를 바라보았습니다.

"나는… 없어…."

악귀 일기

어떻게든 그의 공허를 채워주고 싶다는 생각뿐이었습니다. 그렇게만 할 수 있다면 다시 그림을 그릴 수 있을지도 모른다고 생각했습니다. 이미 제 도화지는 스스로 찢어버린 지 오래였지만, 그와 함께라면 어떻게든 다시 붙여 선을 그리고 색을 칠할 수 있을 것 같았습니다. 더는 전 여자친구에게서 월급 명목의 돈을 받지 못하지만 그는 1년 동안 직원으로 등재되어 있어서 퇴직금까지 챙길 수 있었다며 기뻐했습니다. 그녀는 정말 좋은 사람이라면서요. 수입이 줄자 데이트 비용은 제가 전부 부담하게 되었습니다. 책을 팔고 들어오는 수입이 조금씩 생겼고 북토크나 강연비 명목으로 들어오는 금액으로 충당하고는 했습니다. 돈 때문이 아니라 수학을 배우고 싶다는 그의 말이 생각나 이제 구구단은 안 외워? 하고 물었을 때 그는 답했습니다.

"어. 이제 필요 없잖아. 그 사람 다시 볼 것도 아닌데."

저는 그 말에 묘한 안도감을 얻었습니다.

"근데 예전에 한번 나도 혼자 배워보려고 구몬 학습지를 신청한 적이 있거든. 근데 혼자 풀려니까 도저히 안 되겠더라고. 내가 3단까지는 진짜 확실히 외웠던 거 알지? 그게 그때 독학으로 외운 거야. 그래서 4단부터는 도저히 혼자 안 되겠어서 여자친구한테 이거 같이 해볼래? 하고 용기 내서 말했는데 뭐 하는 짓이냐고 짜증을 내는 거야. 그래서 내가 그랬지. 사랑은 서로가 가진 문제를 손잡고 같이 해결해 나가는 거 아니냐고."

쉬지 않고 말을 쏟아내던 그의 말은 매번 같은 이야기도 조금씩 변형되고 뒤틀리고는 했습니다만 이 이야기에서 제 마음에 와닿은 것은 단 한 문장뿐이었습니다.

사랑은 서로가 가진 문제를 손잡고 같이 해결해 나가는 것.

악귀 일기

*** *

두 번째 책을 준비하기로 했습니다. 이제까지 죄의식과 불안에 사람의 눈을 제대로 바라보지 못하던 제가, 독립책방을 돌아다니고 북토크를 하며 조금씩 사람들을 마주할 용기가 생기기 시작했습니다. 《천기누설! 사람 눈 바라보는 비법》이라는 제목의 책이었습니다. 흔히 사람의 눈을 보기 어려워하는 사람들에게 미간이나 인중을 보라고 하는데 그것은 잘못된 방법이다. 혹시 그것이 들통이라도 난다면 내가 부끄럼이 많고 용기가 없다는 것을 상대가 눈치채 낭패를 볼 수 있다. 차라리 매직아이를 보는 것처럼 눈을 모아 초점을 흐려버리면 더욱더 자연스럽고 편안하게 상대의 눈을 보는 것처럼 보일 수 있다는 허무맹랑한 내용으로 시작한 뒤 자신의 불안과 상처를 바라보는 것이야말로 상대의 눈을 볼 수 있는 방법이다. 나 자신을 인정하고 받아들이고 내가 어떤 사람인지 정말 똑바로 들여다볼 수 있을 때야말로 상대를 바라볼 수 있다. 결국 상대를 본다는 건 나를 들여다보는 일이다, 라는 이야기로 사람들에게 나름의 용기와 희망을 전하고 싶었습니다. 저도 할 수 있었으니 여러분도 할 수 있습니다, 보다는 저 같은 사람도 어떻게든 해내고 있으니 여러분도 조금씩 용기를 내어보세요. 이게 제가 하고 싶은 말이었습니다.

어쨌거나 비법서를 표방하고 있었고 책의 형태를 색다르게 해보고 싶었습니다. 무림에서 전해지는, 읽는 순간 누구나 초고수가 될 수 있다는 전설의 비법서 같은 느낌을 주고 싶었습니다. 사극에서 흔히 보는 조선시대 책자 같은 느낌이 제격이다 싶었습니다.

"있지. 다음 책은 전통 제본 방식으로 해보고 싶어."
"그런 걸 일반인이 어떻게 해? 어디 학원 같은 데 다니면 몰라도."

그는 공방에서 수업을 듣지 않는 이상 불가능하다고 말했지만 저는 왠지 할 수 있을 것 같았습니다. 인터넷을 통해 알아보니 영상이 있더군요. 글을 쓰고 편집한 뒤 총무가 없을 때 몰래 고시원 프린터를 이용해서 출력했습니다. 서툴지만 삐뚤빼뚤 만들어진 두 번째 책이 그렇게 완성이 됐습니다. 민철 씨에게도 다시 삽화를 부탁했습니다. 그렇게 만들어진 책을 보자 그는 놀라더군요.

"오, 했네? 어떻게 한 거야? 공방에서 배운 거지?"
"아니. 집에서 유튜브 보고 혼자 해봤어."

제본은 그가 많이 도와줬습니다. 출력한 종이를 모아 송곳으로 다섯 개의 구멍을 뚫고 자수용 실을 바늘에 꿰어 꿰맸습니다. 책 표지는 색지를 잘라 만들었는데 황토색과 푸른 비단 느낌의 종이를 사용했습니다. 책의 반응은 좋았습니다. SNS 여기저기에 올라오기도 했습니다. 표지 색상을 다양하게 해봐야겠다는 생각이 들었습니다.

"안 돼. 사람들이 혼란스러워해"라며 민철 씨는 부정적이었습니다. 명품이 왜 명품인지 아냐며 시작된 그의 일장 연설. 색이 다양하다면 선택의 혼란을 줄 수 있다는 것. 고가의 명품일수록 오히려 색의 구성은 한두 가지로 단출하다는 것이었습니다. 그런 건 싸구려나 하는 짓이지, 라는 말에 저는 제가 입고 있던 짙은 회색의 무지 티셔츠를 내려다보았습니다. 이미 입을 대로 입어 목이 다 늘어난, 인터넷 마켓에서 1만 2,000원에 세 개 주고 산 제 티셔츠를요. 몰래 문구점에 가서 색색의 색지를 샀습니다. 어느덧 봄이 성큼 다가오고 있었기에 이른바 '천사눈비',《천기누설! 사람 눈 바라보는 비법─스프링 벚꽃 에디션》이라는 이름으로 분홍색 표지로도 제작했습니다. 금색, 은색 표지의 럭셔리 라인도 준비했습니다. 하지만 독립책방에 입점하면서도 마음 한구석에 찜찜함이 남아 있었습니다. 이건 또 뭐야, 하면서 사람들은 재밌어했습니다. 그가 SNS에 올라온 다양한 색상의 '천사눈비'를 발견하게 되었습니다. 결국 했네? 내 말 듣지, 라며 대수롭지 않게 넘기는 듯 보였습니다.

같이 사주를 보러 갔습니다. 민철 씨는 유독 사주나 무속신앙에 많은 관심을 보였고 저는 어쩌면 그것이 이전에 만났던 여자친구의 영향이 아닐까 불안했습니다. 역술인에게 각자의 생년월일을 말하자 그는 서로서로 이해하고 사랑해야 한다, 라는 다소 뻔하게 들릴 수 있는 이야기를 했지만 민철 씨는 조금 다르게 들은 것 같았습니다.

"저분이 하는 얘기 들었지? 그러니깐 내 말을 잘 들어야 해."

"응?"

"얼마 전에 책 디자인도 그렇고. 내가 전통 제본 방식으로 하라고 해서 잘된 거잖아. 넌 날 만난 게 진짜 행운이야. 내 말만 잘 들으면 넌 앞으로 모든 게 잘 풀릴 거야."

그는 진심으로 자신이 제안한 일이라고 믿는 것 같았습니다. 섬뜩했으나 그가 한 말에 반박할 수가 없었습니다. 오히려 그다음 말이 제 머릿속에 계속 맴돌았습니다. 넌 내가 없으면 안 돼. 나를 만나서 잘되는 거야.

독립출판 마켓에 나가보기로 했습니다. 수십 명의 독립출판 작가들이 모여 책을 파는 일종의 축제였습니다. 민철 씨에게도 함께 나가자고 했습니다. 그는 며칠 전부터 신이 나 보였습니다. 화가들이 쓰는 것 같은 자주색 빵 모자를 어디선가 구해오기도 했습니다. 이런 것은 도 저히 쓸 수 없어, 라고 거절했으나 그는 제 머리에 그 모 자를 씌워주며 말했습니다.

"작가님들은 이런 거 쓰는 거야. 넌 조용히 가만히 점 잖게 있으면 돼. 내가 알아서 다 할게."

홍대 거리의 한 주차장에서 마켓이 열렸습니다. 테이 블이 배치되어 있었고 떨리는 마음으로 지정된 자리에 가서 앉았습니다. 준비해 간 남색의 테이블보를 올리고 책을 진열해 두는데 그가 하, 하고 한숨을 내뱉으며 배열 을 바꾸더군요. 너는 감각이 없어 감각이. 그리고 가방에 서 자주색 빵모자를 꺼내 제 머리에 씌웠습니다. 얼굴이 빨개져 고개를 들 수 없었습니다만 사람들이 제 테이블 앞에서 책을 손에 들고 가는 광경을 보는 일은 감격스러 웠습니다. 그들의 눈동자가 제 문장 어디에서 멈추고 어 디를 흐르고 있는지 저는 곁눈질로 바라보았습니다. 간 간이 사람들이 책에 대해 물어오고는 했습니다. 그거는 요, 하고 민철은 설명하기 시작했습니다. 그가 하는 설명

대부분은 그가 느낀 책에 대한 생각, 그리고 제가 그에게만 설명했던 집필의 의도. 그리고 누구에게도 말하고 싶지 않았지만 그에게만 간신히 고백했던 제 과거의 상처들이 섞여 있었습니다. 식은땀이 났습니다. 한적해진 틈을 타 그에게 물어봤습니다.

"내 책은. 아니 우리 책 설명은 나도 하면 안 될까?"
"왜? 관심받고 싶어? 작가님이 괜히 나서고 그러면 오히려 없어 보여. 조용히 있어야지."

그러자 저도 모르게 쏘아붙이게 되었습니다.

"관심받고 싶은 건 너 아냐?"
"내가 사람들한테 관심받고 싶어 하는 것 같아? 평생을 질리도록 관심받으면서 살아온 사람인데? 이게 다 널 위한 일이라는 거 정말 모르겠어?"

나 그럼 여기 왜 있어? 그냥 집에 갈까? 하는 말에 저는 심장이 빠르게 뛰는 것을 느꼈습니다. 언제인가부터 누군가와 떨어져서 혼자 남게 된다는 것은 저에게 엄청난 공포였습니다. 아냐 알겠어, 저는 고개를 숙였습니다. 제 나이 일곱 살에 저는 이미 체념을 배웠으니까요. 책에 대한 그의 설명은 이어졌습니다. 어느 부분은 맞기도 했고 어느 부분은 틀리기도 했습니다. 그가 쓴 글이 아니었으니까요. 그의 책 소개를 듣던 사람들은 묻고는 했습니다.

"그렇군요. 혹시 책 쓰신 작가님이세요?"
"아뇨, 작가는 이 친구예요."

그는 저를 가리키며 말했습니다.

"아…. 그럼 뭐 하는 분이세요?"

저는, 하고 그는 말을 잇지 못했습니다. 그의 어깨가 떨려오는 게 느껴졌습니다. 이 책에 삽화를 그렸어요, 라고 대신 대답하려는데 그가 깨달음이라도 얻은 듯 활기찬 목소리로 신이 나서 이야기했습니다.

"저는 신사동 살아요. 은평구 아니고 강남구 신사동.
지금은 잠깐 쉬면서 이 친구 도와주고 있어요."

그는 환하게 웃었습니다. 앞에서 설명을 듣던 사람은
아, 예, 하며 그의 화려한 색상의 셔츠와 손목에 찬 명품
시계를 힐끔 바라보는 듯 보였습니다.

***

집 근처 독립책방에서 아르바이트를 시작했습니다. 돈이 필요하기도 했고 세상으로 조금씩 나가봐야겠다는 마음도 있었습니다. 주말 이틀을 봐주기로 했습니다. 최저시급이었지만, 그동안 받아왔던 최저시급과는 다른 느낌이었습니다. 독립책방에서는 글쓰기 모임이나 필사 모임이 열리고는 했었고 저도 그런 걸 해보기로 했습니다. 오며 가며 안면이 있는 작가님들에게 부탁했습니다. 동화 작가님들을 초대해서 동화책을 만드는 클래스를 열기도 했고 책 한 권을 같이 읽으며 소감을 이야기하는 독서 모임을 열기도 했죠. 우연한 기회에 등단하신 시인을 알게 되어 시 모임을 열게 되었습니다. 그 얘기를 들은 민철 씨의 반응은 이러했습니다.

"나에 대해 쓸 거지?"
"아직 뭐를 쓸지 생각 안 해봤어."
"나 말고 네가 생각해야 할 게 더 있어?"

악귀 일기

글쓰기는 네가 잘하는 거잖아, 사랑하는 사람을 위해서 자기가 잘하는 걸 해주는 게 사랑 아니야? 하는 말에 저는 물었습니다. 그럼 너는 날 위해서 뭘 해줘?

"나? 네 옆에 있어 주잖아. 그리고 잘생겼잖아. 네 옆에만 있어도 사람들은 저 여자 돈 많은가 보다 할걸? 내가 네 가치를 높여주고 있는 거야."

시 모임에서는 글을 썼습니다. 많이 써본 적이 없어 익숙하지는 않았지만 사랑에 대한 글을 써보기로 했습니다. 모임이 끝난 후 쓴 글을 그에게 보냈습니다.

"이게 뭐야?"
"널 생각하면서 써봤어."

진심이 안 느껴지잖아 진심이, 라는 말에 저는 할 수 있는 말이 없었습니다. 그 사람을 생각하며 보낸 시간, 그 사람을 위해 쓴 글에 진심이 담겨 있지 않다면 저는 무엇으로 저의 진심을 그에게 증명해야 하는 걸까요. 그렇지만 떠나가기엔 그는 너무나도 위태로워 보였습니다. 제가 일을 하는 책방에 구경 오겠다며 지하철을 타고 오겠다는 그에게 돈을 보내줄 테니 택시를 타는 게 어떻겠냐고 말하자 그는 대답했습니다.

"이제 나도 슬슬 연습해야지. 지하철 타고 버스 타는 법도 배워야지."

저는 그의 집에서부터 책방까지의 노선을 지도 앱으로 검색하여 보내준 뒤 차근차근 설명했습니다. 여기까지는 집 앞에서 지하철을 타고 오면 되고 여기서 버스로 갈아타서 여기서 내리면 돼. 출구가 열 개가 넘는 왕십리역에서 환승해야 하는 것이 조금 마음에 걸렸지만 이미 여러 번 같이 가봤던 길이기에 괜찮을 거라고 생각했습니다. 책방에서 일하고 있는데 그에게서 전화가 왔습니다.

"여기 왕십리역인데. 출구를 못 찾겠어."
"3번 출구로 나오면 돼."
"3번 출구가 어딘데?"

"벽이나 천장에 번호가 쓰여 있을 거야. 거기서 3이란 숫자 찾아서 그거 보고 찾아가면 돼."

"어딘지 모르겠어. 도저히 못 찾겠어."

"그럼 그냥 거기서 택시 타. 아니면 내가 그리로 갈까?"

"아냐, 어떻게든 내가 해봐야지. 여기까지 왔는데."

잠시 뒤, 한참을 헤매던 전화기 넘어서 악! 하는 그의 비명이 들린 뒤 전화가 끊어졌습니다. 저는 손님들에게 양해를 구하고 서점 문을 닫은 뒤 택시를 타고 왕십리역으로 갔습니다. 전화 연결은 되지 않았고 몇십 분이나 역사 안을 헤맸지만 그를 찾을 수는 없었습니다. 간신히 통화 연결이 됐습니다. 무슨 일이야? 하고 물었지만 대답은 없었습니다. 수화기 너머에선 음악이 흘러나오고 있었습니다. 역사를 빠져나와 음악이 나오는 곳을 찾았습니다. 한 핸드폰 판매점 앞이었고 그 골목에 익숙한 얼굴이 보였습니다. 흰 셔츠에 검은 슬랙스를 입고 허리에는 명품 벨트를 맨 남자가 쪼그려 앉아 있었습니다. 지나가는 사람이 힐끔거렸습니다. 괜찮아? 무슨 일인데? 하며 그의 어깨를 흔들었습니다. 눈이 풀려 있었습니다. 잠시 후 정신을 차린 그는 저를 흘낏 바라보더니 터벅터벅 걸어가기 시작했습니다. 언제나 자신만만해 보였던 그의 축 처진 어깨를 보는 건 슬픈 일이었습니다. 모든 것이 제 잘못인 것만 같았습니다. 그는 택시를 불러 집으로 갔습니다. 같이 갈까? 괜찮겠어? 하는 말에 그가 고개를 저었습니다. 엄마. 엄마가 보고 싶어. 그는 힘없이 중얼거렸지만 저는 그가 찾는 엄마가 누구인지는 알 수 없었습니다. 버스를 타고 고시원에 돌아와서 오랜만에 소주를 마셨습니다. 그가 끼니때마다 먹던 수십 알의 알약이 들어 있던 약봉지들. 저는 제가 먹었던 알약의 개수를 세어 보았습니다. 세 개 반. 가끔 모든 것이 무너져버리는 것만 같아 더 살고 싶지 않다는 저의 말에 화를 내며 네가 정말 살고 싶지 않은 게 뭔지나 알아? 하고 비아냥거리던 그의 말들. 슬픔의 크기는 알약의 개수와 비례하는 걸까요? 외로움의 크기는 측정할 수 있는 걸까요? 그리고 그 아픔들은, 사람들의 얼굴에 드리워진 그늘들은 어떻게 해야 가릴 수 있는 걸까요.

어떻게 책임지실 거예요.

저는 고객센터에 전화를 걸 때 상담사에게 따지듯 묻던 말들이 떠올랐습니다. 어쩌면 세상 어두운 모든 것들에 내 책임이 있는지도 몰라. 대학 시절 수연이가 용기 내서 건넨 돈가스를 입에 물지 못했다는 생각. 혼자 밥을 먹던 유정이가 옥상에서 내민 삼각김밥을 보고도 2만 원을 먼저 얘기했던 일. 저는 왼손을 들어 제 왼쪽 얼굴을 가려보았습니다. 한쪽 눈을 가려 사라진 원근으로 누구의 마음 깊은 곳에도 닿을 수 없었습니다. 어쩌면 그저 저의 그늘을 가리는 데만 급급했던 것은 아닐까요. 속죄를, 저는 속죄를 해야만 했습니다. 누구에게 어떤 잘못을 했는지는 모르겠지만 세상의 그늘을 가릴 수만 있다면, 저는 끝없는 죄인이어야만 했습니다.

미안합니다.

***

 세 번째 책을 준비했습니다. 이때부터 조금씩 글을 쓰고 책을 만드는 일에 흥미를 잃기 시작했습니다만 따로 할 수 있는 일은 없었습니다.《삼각지의 비극》이라는 제목이었습니다. 사람들은 삼각지역을 이야기하면 주로 6호선을 떠올리는데 사실은 4호선도 있다. 남겨진 4호선의 슬픔과 그 안에서 일하는 사회복무요원과 지하철 역무원들의 일상을 스펙터클하게 묘사하고 어느 날 지하철 역에서 사라진 고양이 한 마리를 쫓는 추격 스릴러물이었습니다. 고양이를 힘겹게 찾아낸 뒤 땀을 뻘뻘 흘리며 숨을 몰아쉬는 사회복무요원과 손전등을 손에 든 지하철 역무원 김미현 씨의 대화로 책은 끝이 납니다. 수고하셨어요. 감사합니다. 근데 이렇게 노력해도 우리는 어차피 6호선이 될 수 없어요. 그러자 김미현 씨가 웃으며 말합니다. 괜찮아요. 그래도 어쨌든 고양이는 찾았잖아요?

 인쇄소에 견적을 의뢰했지만 예정했던 마켓까지 인쇄 일정을 맞추기가 어려워 몇 권을 고시원에서 만들어서 나가기로 했습니다. 민철 씨가 아이디어를 냈습니다.

"무지개로 하자. 책 내지를 무지개 색깔로 하는 거야. 빨주노초파남보 순서대로."

"글쎄. 색이 있는 종이에 인쇄하면 글씨가 잘 안 보이지 않을까? 사람들 눈도 아플 것 같고."

"아냐, 이거야. 무지개로 해야 해. 이번 한 번만 내 예술적 감각을 믿어봐."

그가 눈을 번뜩이며 말했습니다. 예술적 감각. 저는 그 말을 속으로 되뇌어 봤습니다. 제가 예술가는커녕 작가라고도 생각해 본 일이 없습니다. 예술에 대해서는 잘 모르기도 하고 또 왠지 그래서는 안 될 것 같았기 때문입니다. 완강한 그의 주장에 저희는 결국 색지로 인쇄한 책과 누런빛의 모조지로 만들어낸 책, 두 종류로 마켓에 나갔습니다. 사람들은 색지로 인쇄한 책에 흥미를 보이면서도 결국엔 모조지에 인쇄한 책을 사 가더군요. 그는 낙심한 듯 보였지만 사람들에게 물어보고는 했습니다. 이 책 어때요? 예쁘지 않아요? 예술적이죠? 하자 누군가가

웃으며 말했습니다. 촌스러워요. 대답을 들은 그의 입술
이 일그러졌습니다.

　사람들은 내 예술 세계를 이해 못 해, 천재적인 재능
을 가지고 있지만 현세 사람들에게는 이해받지 못한다
는 고독을 지닌, 그의 예술가로서의 행보가 시작되었습
니다. 한번은 제가 더는 절대 쓰지 않겠다고 단호히 거부
의 의사를 밝힌, 자주색 빵모자를 혼자서 써보며 이리저
리 거울에 스스로 비춰보다가 저에게 들킨 적도 있습니
다. 카페에서 문득 떠오른 듯 어떠한 문구를 이야기했는
데 제 책에 나온 문장과 정확히 일치하는 내용이라 나중
에 제가 책을 보여주며 확인시켜 준 적도 있습니다. 글을
몇 편 써와서 저에게 보여주기에 첨삭을 해주었습니다.
'꽤'를 '꾀'라고 쓰거나 '제발'을 '재발'이라고 적는 등 간
단한 맞춤법을 틀려 수정해 주었더니 진정한 예술은 형
식에 있는 것이 아니라 본질에 있는 것이라며 제법 예술
가적인 면모를 보여주기도 했습니다. 몇 편 써보더니 문
학은 끝났어. 글은 시대의 흐름에 맞지 않아, 라며 이제
는 직관적인 게 필요하다면서 그림을 그려야겠다고 선언

하더군요. 다음 원고를 구상하고 있던 제 앞에서요. 그러면서 물감을 주문하기 시작했습니다. 자신의 세계를 구현해 내기 위해서는 평범한 색으로는 부족하다는 말과 함께 해외 사이트에서 찾아낸 형형색색의 물감들을 저에게 보여주기 시작했습니다. 물론 장바구니에 담긴 그 물감들을 결제하는 것은 제 몫이었습니다.

다음에 참가한 마켓에서 그가 자신도 가져올 것이 있다면서 테이블의 자리를 조금 내어줄 수 있겠냐고 물어보았습니다. 마켓 당일, 가방에 짐을 잔뜩 챙겨 온 그는 그동안 그렸던 그림들을 테이블 위에 올려놓기 시작했습니다. 그를 위해 가로로 180센티미터 정도 되는 테이블의 절반 정도를 비워뒀습니다만 하나둘 올려놓더니 공간이 부족한 듯 난처한 눈으로 저를 봤습니다. 제가 올려놨던 책들의 간격을 좁혀 그를 위한 자리를 마련해주자 그도 조금은 민망한지 저를 보며 웃더군요. 그가 그린 그림들은 유명한 작품들의 어설픈 모작이거나 그가 중학교 때 수업 시간에 친구들에게 그려주고는 했다던 만화 캐릭터들이었습니다. 그러고는 자주색 빵모자를 꺼내어 썼습니다. 사람들이 혹시나 자신의 그림에 관심을 가지지 않을까, 기대감에 가득 찬 눈으로 지나가는 사람들을 바라보는 그를 보는 일은 고역이었습니다. 두세 시간이 지나도 거의 관심을 받지 못하자 그는 시간마다 이리저리 각도를 조절하던 자주색 빵모자를 벗어 던지고 푸념하기 시작했습니다. 저런 사람들은 작가도 아니야. 글도 지지리 못 쓰면서 책 같은 걸 내고 꼴에 작가랍시고 앉아 있는 것 봐. 재능이 없는 애들은 애초에 아무것도 시작하지도 말아야 해. 그게 오히려 쟤네들을 위한 거라니까? 라며 몇몇 독립출판에서 유명한 작가들을 향한 평론을 시작했습니다. 저는 물었습니다.

"읽어봤어?"

"아니? 꼭 읽어봐야 알아? 느낌이 있는 거지 느낌이. 예술은 느낌이잖아."

그는 다시 사람들에게 제 책을 소개하는 데 전념하기 시작했습니다. 그가 자신이 그린 그림 판매에 전념하는 동안 거의 처음으로 제 책을 사람들에게 직접 소개할 기

악귀 일기

회가 있었습니다. 그때 느낀 것은 살아 있다는 쾌감이었습니다. 손목을 긋지 않아도. 화를 내거나 소리를 지르지 않아도 내 이야기를 귀 기울여 들어주는 사람들이 있다는 기쁨. 세상에서 내가 할 수 있는 일이 있다는 것. 살아 있다는 쾌감. 그가 제 책 소개로 눈길을 돌리자 다시 말할 기회가 없어지더군요. 평소와 다르게 뾰로통하게 있자 그가 한심하다는 듯 말했습니다.

"이런 데 나왔으면 표정 구기지 말고 인상 펴."
"그런 말은 하는 거 아니야."
"표정 좀 피라는 말? 그럼 계속 죽상으로 있을 거야? 네가 그래서 사람들이 이 테이블에 안 오는 거야."
"아니? 재능이 있어야만 할 수 있다는 말. 이런 건 글도 아니라는 말."

그는 눈을 가늘게 뜨고 저를 바라보다 말했습니다, 지금 넌 그걸 말하려는 게 아니지.

"사람들이 나한테만 관심을 가지니까 질투하는 거잖

아. 그게 내 잘못이야? 내가 눈에 띄고 화려한 게?"

그가 그날 판 그림의 작품 수는 두 점이었습니다. 그의 친구들이 구경 와서 사준 것이 전부였습니다. 저는 꽤 많은 책을 팔았습니다만 마켓이 끝나고 둘은 모두 말 없이 침울했습니다. 그는 가방에 가져온 그림들을 차곡차곡 담았습니다. 밝은 표정을 짓는 것은 오로지 그가 그린 그림 속 만화의 주인공뿐이었습니다.

***

정신과에 다시 다니기로 했습니다. 그가 불같이 화를 내더군요. 자신이 옆에 있는데도 병원에 다닌다는 건 자신을 모독하는 일이라면서요. 그도 병원에 다니지 않냐고 묻자 자기가 얼마나 아픈 사람인지 알면서 어떻게 그런 말을 할 수 있냐면서 화를 냈습니다. 명치 위쪽에서 묵직한 압박감이 느껴졌고 이 감정의 정체를 알 수 없었습니다. 분명 책도 내고 조금씩 사회생활도 하고 좋아지는 것 같았는데 마음은 자꾸 허물어져만 갔습니다. 이대로는 정말 죽을 것 같아 병원에 가겠다고 완강히 밝히자 그가 당부하듯 말했습니다.

"가서 솔직하게 말해야 돼. 꼭 솔직하게. 진심을 보여."

병원에 다녀와서도 그가 묻는 것은 "오늘 어땠어? 기분 괜찮았어?"가 아닌 "솔직하게 말했어?"였습니다. 그를 위해 시를 썼던 모임을 떠올렸습니다. 그가 바라는 진심, 그것이 무엇인지는 몰라도 그것에 맞춰주기 어려울 것 같다는 생각을 서서히 하게 되었습니다.

그가 연말정산을 해야 한다며 고시원에 와서 노트북을 썼습니다. 예전 여자친구 회사의 직원으로 등록되어 있을 때 자료를 보내야 한다고 했습니다. 그가 집에 가고 모니터를 보니 로그아웃이 되어 있지 않더군요. 보낸 메일함을 눌러 보았습니다.

제목: 사랑해 최향^^;
첨부: 20××.연말정산 자료.pdf
내용: 잘 부탁해 내 사랑 최향~~~

여자친구의 이름인 최향미의 앞 두 글자를 딴 애칭이 적혀 있었습니다. 마지막으로 저에게 애정 표현을 한 것이 언젠지를 떠올려봤습니다만 도무지 기억나질 않았습니다. 제목과 내용을 캡처해 그에게 보내보았습니다. 이거 뭐야?

-장난이지 장난. 친구끼리 이런 장난할 수 있는 거잖아~.

조금씩 흰머리가 나기 시작했습니다. 아직 이럴 나이
는 아니지 않나 생각하면서 눈에 보일 때마다 손가락으
로 하나둘 뽑았습니다. 그도 눈치챘는지 어느 날 흰머리
를 뽑아주겠다며 뒤에 앉더군요. 오랜만에 다정하게 구
네, 하는 마음에 설렜습니다만 그가 말했습니다.

"어휴 이렇게 늙은 여자랑 내가 만나고 있다니."

정확한 제 나이기를 밝히기는 어렵지만, 그는 저보다
나이가 많았습니다. 지금껏 자신보다 나이 많은 여자만
만나왔다던 그의 말이 떠올랐지만 저는 아무 말도 하지
않았습니다. 정말 나한테 하는 말이 맞아? 하고 묻고 싶
었지만 묻지 못했습니다. 묻고 싶은 말들이 많았지만, 그
러면 떠나갈까 하지 못하던 말들이 많았습니다. 더 이상
글을 쓰고 싶지 않았습니다. 그 앞에서는 제 모든 말들이
의미 없었고 진심이 아닌 것처럼 느껴졌습니다. 단어와
문장들은 힘을 잃어 갔고 세상 모든 것들은 의미를 잃었
습니다. 무엇을 해도 흥미를 느끼지 못했고 예전에 좋아
했던 것들에서도 재미를 느낄 수 없었습니다. 저의 시선,

제가 보는 세상이 옳은지에 대한 확신이 없었고 늘 불안한 마음이었습니다. 그때의 저는, 강박의 왈츠라고 제가 이름 붙인 스텝을 밟고 있었는데 고시원 방에서 나갈 때면 문이 잠겼는지 정확히 일곱 번을 문고리를 돌려가며 확인해야 했고 양말 앞에 서면 어떤 양말을 신어야 오늘 하루가 불운하지 않을지 한참을 고민해야 했으며 혼자 있어도 저도 모르게 계속해서 뒤를 돌아보는 습관이 생겼습니다. 저는 무엇을 들여다보고 있던 걸까요. 혼돈, 오로지 혼돈뿐이었고 그제야 저는 제가 무엇을 보고 있었는지 깨달았습니다.

서민철. 그의 또 다른 이름은 혼돈이었습니다.

***

그를 마지막으로 본 것은, 같이 나갔던 한 북토크였습니다. 서점 사장은 중년의 여인이었고 제가 방문하면 언제나 그를 더 환하게 반기던 인물이었죠. 시작 전 미리 가서 그녀가 내온 커피를 셋이 마셨습니다. 그는 넉살 좋게도 서점 사장에게 누나 누나 하면서 살갑게 대했고 대화는 저를 빼놓고 이어졌습니다.

"은미 씨는 살면서 고생을 하나도 안 해본 것 같아요."

라고 그녀가 말했고

"맞아요. 인생 쉽게 살았죠. 뭐 고생이라고 해봤겠어요?"

그가 답했습니다. 명문대를 졸업 후 대기업에 다니다 문득 꿈을 이루고 싶어 독립책방을 열었다는, 그녀의 고생에 대해 생각해 보았습니다만 타인이 살아온 삶의 고통에 대해서는 함부로 재단해선 안 되는 일이라는 생각에 그만두었습니다. 세상의 모든 고통과 번뇌를 짊어진, 산전수전을 다 겪어온 노련한 이들의 대화를 바라보며 저는 가만히 고개를 숙이고 있었습니다. 여기에 왜 왔는지. 저는 대체 이 자리에 왜 있는지를 알 수가 없었습니다. 그저 바다에 홀로 떠 있는 부표처럼 이리저리 흘러다니고 있구나. 나도 언젠간 무언가를 향해 나를 불태웠던 것 같은데 그게 무엇인지 떠오르지는 않았습니다. 그저 소주잔에 우연히 들어간 파 한 조각처럼.

북토크 시작이 다가오고 사람들이 하나둘 들어오기 시작했습니다. 열 명 정도의 인원이었고 그와 제가 그 앞, 마련된 자리에 앉았습니다.《악귀 일기》,《천기누설! 사람 눈 바라보는 비법》,《삼각지의 비극》을 쓰신 김은미 작가님입니다. 라고 서점 사장이 소개했고 사람들은 박수를 쳤지만 누구에게 치는 것인지 알 수 없어 고개를 숙였습니다. 그의 어깨가 조금 들썩인 것 같았습니다. 뭔가 말해야 할 것 같았지만 무슨 말을 어떻게 해야 할지, 제가 지금 이 자리에 왜 나와 있는지조차 알 수 없었습니다. 저도 모르게 마이크를 그의 앞으로 밀어두었습니다. 그가 의기양양하게 마이크를 집어 들었습니다. 그리고 당연하다는 듯 책 소개를 하기 시작했습니다. 이 책은 왜 쓰였고 어떻게 쓰게 됐는지 책을 쓸 때는 어떤 마음이었는지를요. 저는 그 얘기들을 들으면서도 별다른 감정이 들지 않았습니다. 아 그렇구나, 하고 듣고 있었습니다. 사람들이 중간중간 질문하기도 했습니다.

"《악귀 일기》너무 재밌게 잘 봤어요. 상처 입고 악플을 달던 시절의 심정 묘사가 세세해서 저에게는 크게 와닿았는데요. 혹시 그때 어떤 마음이었는지 조금 더 자세히 말씀해 주실 수는 없으신가요?"

그가 자신만만한 표정으로 막힘없이 대답했습니다.

"니체의 심연이요. 아마도 저 자신이 어둠이 돼서 누군가가 저를 들여다봐 주길 바랐던 것 같아요. 왜 있잖아요. 누구도 악의 심연을 함부로 들여다보지 말아라. 그 안을 보게 되면 악도 너의 심연을 들여다볼 테니까, 라는 말이요."

그는 흡족한 듯한 미소를 지었고 사람들은 와~ 하는 탄성을 질렀습니다. 서점 사장은 탄복하는 표정을 지으며 박수를 치기도 했습니다. 저는 그 소리를 들으며 고개를 숙인 채로 조용히 읊조렸습니다. 나카무라 김.

그때 누군가 손을 번쩍 들었습니다. 녹색 카라티에 베이지색 반바지를 입은 남자였습니다.

"그런데요. 저는 작가님 이야기가 듣고 싶은데요."
"아, 제가 매니저입니다."
"그러니까 매니저님 말고. 작가님 얘기가 듣고 싶다고요."

저도 모르게 고개를 들어 그 남자의 눈을 바라보았습니다. 그는 제 눈을 보며 씩 웃더니 말을 이어 나갔습니다.

"사실 전 별다른 질문 같은 건 없고요. 책은 재밌게

잘 봤어요."

그는 잠시 머뭇거리더니 말했습니다.

"근데 혹시 나이스. 저 기억해요? 아주 예전에 글 한 번 써보라고 댓글 달았던 사람인데. 책도 내고 성공했네. 이제 작가님이시네요. 작가님."

저는 그제야 처음 제가 글을 쓰기로 마음먹었던, 그 댓글 하나를 기억해 낼 수 있었습니다. 나이키도 정품이 아닌 나이스로 살 것 같다던 그 글을요. 하지만 본성은 착한 것 같으니, 재능이 있는 것 같으니 한번 도전해 보라던 그 말. 저도 모르게 웃음이 나올 것 같았습니다. 그 남자는 그런 저를 보더니 잠시 미간을 찌푸렸다가 뭔가 떠오른 듯 다시 웃으며 말했습니다.

"나이스네 아주. 음. 나이스가 나이스야."

저는 그 재미없는 농담에도 웃고 말았습니다. 웃고

있었는데도 왠지 눈물이 흐르는 것을 멈출 수는 없었습니다. 북토크가 끝나고 그는 떠나며 두 팔을 올려 주먹을 불끈 쥐며 마지막으로 말했습니다.

"힘내라 나이스."

저는 오른손을 들어 크게 흔들며 그에게 웃으며 인사했습니다. 고마워요, 물론 이 말은 입 밖으로 내지 못했지만요.

집에 가는 길. 민철 씨가 화가 난 표정으로 저에게 물었습니다.

"아까 그 새끼 누구야? 아는 사람이야?"
"누구?"
"나이스인가 뭔가 하던 새끼."
"아… 나도 잘 몰라."
"모르는 사람이 그렇게 친한 척을 해?"
"그냥… 오래전에 알았던 친구."

"좀 전엔 잘 모른다며. 넌 왜 진실이 하나도 없어?"

저는 대답 없이 그를 바라보다 말했습니다.

"이건 내 책이야."
"뭔 소리야 또 그건 갑자기. 우리 책이잖아.
"여기에 네가 쓴 글이 단 한 문장, 한 글자라도 있
어?"
"웃기고 있네. 야. 네가 예술이 뭔지를 알아?"

저는 더 이상. 그의 혼돈을 들여다보지 않기로 했습
니다. 고시원에 돌아와 편집 파일을 열어 그가 그린 삽화
들을 지운 뒤 서지정보 페이지에서 그의 이름을 삭제했
습니다. 김은미. 세 글자가 남았습니다. 몇 달 뒤, 서점에
서 그가 자신의 그림들이 지워진 책을 본 모양인지 연락
이 왔습니다.

―야, 책 봤다. 너 내 그림 다 지웠더라?
―응.

―그럼 가격을 낮추든가 해야지.

―왜?

잠시 말이 없던 그는 이를 악무는 듯 힘을 주며 말했습니다.

―넌 나 없이는 아무것도 못 했을 거야.

그가 마지막 말을 남긴 채 통화는 종료되었습니다.

―애초에 책 같은 건 만들지 말 걸 그랬어. 넌 내가 아니었으면 용기가 없어서 책도 못 만들었을 거잖아. 나 없이 네가 뭘 할 수 있는지 보자.

전화는 끊어졌지만 저는 수화기를 들고 말했습니다. 어디에도 닿지 않아도, 반드시 목소리를 내서 해야 하는 말이 있는 법이죠.

난 뭐든지 해낼 수 있어. 넌 아무것도 아니야.

악귀 일기

마지막으로 그의 소식을 들은 것은, 친구 소개로 들어간 회사에서 일하다 직장 내 괴롭힘을 겪고 그를 도와주던 사회단체에 들어가 사회운동을 시작했다는 말이었습니다. 왠지 그답다는 생각이 들었습니다.

＊＊＊

저를 기억하실지 모르겠습니다.

    뭉툭한 크레파스로도 스케치북을 채워나갈 줄 알던
사람,

    누군가의 연인이었던 사람,

    친구였다가 더 이상 친구가 아니게 되었지만

    아직도 그녀를 떠올리며 가끔 그리워하는 사람,

    하꼬탐방972,

    한때 인터넷을 주름잡았던 희대의 악플러 아브락사
스1497,

    이 시간들을 독립출판으로 적어낸 《악귀 일기》의 저자,

    나이키 정도는 진품으로 구입할 저력이 있는

    제 이름은 김은미,

    글을 쓰는 사람입니다.

작가의 말

　　오후 1시쯤 됐을까요. 눈물이 흐르기 시작했습니다. 뭐지? 커피를 너무 많이 마셨나? 하고 생각했습니다. 새벽 5시에 일어나서 글을 쓰기 시작해서 카누를 네 잔째 마시고 있었습니다. 아마 당시 쓰고 있던 내용이 저도 모르고 있던 제 안에 무언가를 건드렸겠지만 그런 것을 생각할 겨를이 없었습니다. 지금의 감정을 놓치지 않고 써야겠다 하는 감상적인 이유는 아니었습니다. 그저 마감에 쫓겨 필사적이었을 뿐입니다.

　　처음 계약을 맺은 것은 4년 전 어느 날이었습니다. 출판사에서 제가 예전에 썼던 글을 보시고 선물용 스팸 세트를 보내왔습니다. 이상한 사람들이네 하고 생각했습니다. 두 권을 계약했는데 첫 책은 계약을 맺은 해에 나왔습니다. 그 후로는 괴로운 시간을 보냈습니다. 더는 쓸 말이 없다고 생각했고 글을 어떻게 써야 할지도 몰랐습니다. 짧은 글들을 보내자 편집자님께서 말씀하시더군요. 소설을 한번 써보는 게 어떻겠냐고요. 1년의 기한이 더 주어졌습니다. 주어진 1년을 충실히 놀았습니다.

마감이었던 2월 말이 다가오자 저는 글을 준비하기 시작했습니다. 편집자님 죄송합니다, 라는 문장으로 시작되는 그 글은 제가 가장 심혈을 기울인 작품입니다. 그렇게 두 달을 미룬 뒤 한 달을 더 미뤘습니다. 그동안 써놓은 것을 조금이라도 보여줄 수 없겠냐는 말에 저는 이런저런 말로 둘러댔지만 단 한 글자도 쓰지 않은 상태였습니다. 한 달의 말미를 더 얻었습니다. 5월 31일까지는 무슨 일이 있어도 소설을 써내야 했습니다.

글을 쓰지 못하고 미룬 것에는 많은 이유가 있습니다. 저는 미리 잘못을 저지르기 전부터 변명을 준비해 놓는 사람입니다. 일단 제가 재능이 없다고 생각했습니다. 이 사람들이 속고 있다. 저를 오해하고 실수로 계약을 했다고 생각했고 지금쯤 충분히 후회하고 있을 거라고 생각했습니다. 아마 제가 중간에 써서 보낸 몇 편의 에세이로 저의 밑바닥을, 그 본모습을 눈치채고는 애는 안 될 것 같다고 생각했을지도 모른다, 소설을 써보라고 한 것은 책을 내지 않기 위한 하나의 방편일지도 모른다고 생각했습니다. 그리고 예전에 제가 냈던 책들로 조금이나마 제가 글을 쓸 줄 안다고 생각했던 분들이 제가 쓴 시답잖은 글을 보고 실망할 것이 두려웠습니다. 마지막으로는 출판사의 위엄, 대배우분들이나 유명한 작가님들의 책을 내는 출판사에서 저 같은 사람의 책을 정말 내줄 것인지에 대한 불안이 있었습니다. 저는 속내가 잔뜩 꼬여있고 겁이 많은 사람입니다.

작가의 말

5월 중순에는 정말로 써야만 했습니다. 더 이상 미룰 수 없다는 것을 직감적으로 알았습니다. 오래전 받았던 계약금을 돌려줄 돈이 없기도 했습니다. 혹시 몇 달에 걸쳐 할부로 돌려드려도 될까요? 하는 비굴한 수를 생각해 냈지만 아무리 저라도 이 말만은 도저히 할 수 없을 것 같았습니다. 일단은 소설이 뭔지를 알아야 했습니다. 네이버에서 소설 쓰는 방법을 검색해 보고 나무위키에서 소설이 뭔지 찾아봤습니다. 네 편의 이야기를 생각했고 한 편당 스무 장 정도 쓰면 여든 장이니 구색은 맞출 수 있지 않을까 생각했습니다. 마감을 코앞에 앞둔 5월 26일이 되어서야 저는 비로소 첫 문장을 쓰기 시작합니다. 당시 일용직으로 건설 현장에 일을 나가던 스케줄에 맞춰 새벽 5시에 일어나서 글을 썼습니다. 그때까지도 저의 발목을 붙잡고 있던 불안과 스스로에 대한 의구심은 일단 버려두기로 했습니다. 어찌 되든 이제는 정말 쓸 수밖에는 없다는 심정이었습니다. 네 개의 이야기를 쓰려고 했으므로 하루에 한 편씩 4일간 완성한 뒤 나머지 2일은 퇴고를 하자고 생각했습니다. 그래서 쓰려고 했던 이야기 중 하나를 골라 쓰기 시작했습니다. 글재주가 없어 이야기 하나로 스무 장을 채울 자신이 없었는데 이상하게 이야기가 계속 뻗어나가기 시작하더군요. 첫 번째 이야기로 스물다섯 장 정도 썼을 때는 이렇게 된 이상 이 이야기로 마흔 장 정도 쓰고 나머지 세 개의 이야기를 마흔 장 안에 몰아넣어서 두 편의 이야기를 완성하자고 생각했습니다만 이야기는 계속 흘러갔습니다. 3일쯤 되던 날, 글을 쓰면서 저도 모르게 눈물이 났지만 닦을 겨를이 없었습니다. 이런 사사로운 감정에 휘둘릴 시간이 없다, 라고 생각했습니다. 그렇게 첫 번째 이야기였던 〈악귀 일기〉를 다 쓰고 나니 A4로 여든네 장 정도가 되더군요. 글을 쓴 지 4일째 되던 날 오후 1시쯤이었습니다. 이틀의

　　　　　　　　　　　　　作가의 말

여유가 있으니 천천히 퇴고하고 31일에 보내자 생각한 뒤 그대로 누워 30분 정도 낮잠을 잤습니다. 자고 일어나니 만사가 다 귀찮더군요. 그래서 예전에 취미로 썼던 짧은 소설 하나를 같이 묶어 보냈습니다.

글을 보내고 난 뒤에는 또다시 불안감에 휩싸였습니다. 이게 소설이 맞나? 이런 걸 소설이라고 부를 수 있을까, 너무 수준이 낮아서 이런 것은 출간할 수 없다고 하는 건 아닐까? 계약금 돌려주는 거 진짜 할부 가능할까? 이런 생각들로 괴로웠는데 편집자님께 연락이 왔습니다. 종로5가에 있는 카페에서 한번 보자고 하시더군요. 원고에 대한 이렇다 할 말씀이 없으시기에 저는 불안해하다가 조심스럽게 여쭤봤습니다. 저 그 혹시 그렇게 별로인가요? 그런 건 아니고 일단 만나서 얘기하자고 하셨습니다.

6월 2일, 일용직 일을 마치고 종로5가로 나갔습니다. 약속 장소였던 카페에 도착하자 편집자님은 이미 와 계셨고 테이블 위에는 제가 쓴 원고가 출력되어 있었습니다. 처음 써보는 소설이라 어떻게 읽힐지 궁금했는데 도무지 말씀해 주시지 않더군요. 용기 내서 재차 여쭤보아도 술술 읽힌다는 애매한 답변만 하실 뿐이었습니다. 8월 말까지 다섯 장 분량의 짧은 글 두세 편을 더 써줄 수 있냐고 하셔서 일단 해보겠다고 했습니다. 출간 일정을 물으니 연말쯤 출간될 수 있을 것 같다고 하시더군요.

미팅을 마치고 집으로 돌아오는 지하철에서 편집자님께 연락을 드렸습니다. 혹시 빨리 쓰면 더 빨리 나올 수 있을까요? 확실하지는 않으나 일정을 조율해 볼 수는 있다고 하시더군요. 그래서 가능할지는 저도 잘 모르겠으나 일단 써보겠다고 했습니다. 4일 동안 여든네 장을 쓰

작가의 말

고 나니 다섯 장 몇 개 정도는 쉽게 쓸 수 있을 것 같았습니다. 굉장히 오만한 생각이었지요. 하지만 불가능한 일은 아니었습니다. 현충일이었던 6월 6일, 일용직 일을 쉬고 글을 쓸 생각이었는데 그냥 일을 하러 나갔습니다. 그렇게 토요일까지 일하고 6월 9일 일요일에 글을 쓰기 시작했습니다. 일단은 두세 편이라고 했으니 두 편만 쓰고 먼저 썼던 글의 퇴고를 좀 볼 생각이었습니다. 새벽 5시에 일어나서 글을 써보려고 했는데 손에 잘 잡히지 않았습니다. 오전 10시쯤까지 놀다가 글을 쓰기 시작했습니다. 이전에 생각해 뒀던 이야기들은 쓰고 싶지 않아서 새롭게 떠올렸습니다. 한 편은 제가 일을 하는 건설 현장의 이야기를 쓰고 싶었고 다른 한 편은 미팅에서 편집자님께서 어머니에 대한 글을 써보는 게 어떻겠냐고 하셔서 당연히 아버지에 대한 이야기를 쓰기로 했습니다. 일곱 장짜리 두 편을 겨우 완성하고 나니 밤 9시였습니다. 늦

은 시간이지만 이 정도는 괜찮지 않을까 싶어서 메일로
송부했습니다.

　다음 날인 월요일 오전 10시쯤, 출근해서 일을 하다
가 편집자님께 어제저녁 메일로 원고를 보냈다고 연락을
드렸습니다.

　'한 편 더 주실 거예여? 네?'

　라는 답장이 왔습니다. 저는 이 문장을 미친 듯이 파
고들었습니다. 종이에 옮겨 적은 뒤 한참을 들여다보기
도 했고 프린터로 출력해서 벽에 붙여두기도 했습니다.
아무리 카톡이라도 한 편 더, 라고 칼같이 지켜낸 맞춤법
과 그럼에도 거예여? 라는 어미에서 보이는 인간미에 흥
미를 느끼기도 했습니다만 그보다는 '거예여? 네?'를 보

　　　　　　　　　　　작가의 말

고 빈틈을 찾아낸 듯했습니다. 이 사람도 지금 애매하다. 비벼볼 만한 구석이 있다고 생각했습니다. 다섯 장짜리 세 편을 써달라고 했지만 저는 일곱 장짜리 두 편을 써서 냈으니 단순히 계산해서 산술적으로 얼추 비슷하지 않나, 더 안 써도 되지 않을까 하는 계산이 있었습니다.

근데 왠지 써야겠다는 생각이 들었습니다. 일전에 미팅에서 편집자님께서 하신 말씀이 있었습니다. 출판사에는 사실 여부를 판단하는 팩트 체크를 하는 직원도 있다. 이 말을 들을 때는 아 그렇군요, 하고 대답하면서도 속으로는 뭐 어쩌라는 거지 왜 글이 재밌는지 재미없는지 말 안 해주지, 라고만 생각했었습니다만 집에 오는 길에 이상하게 그 이야기가 머릿속에서 계속 맴돌았기에 쓰기로 했습니다.

완성한 세 편의 글들이 조금 어둡다고 생각해서 밝고 경쾌한 이야기를 쓰고 싶었습니다. 로맨틱 코미디를 해 보자고 생각했습니다. 거짓말에 대한 작품들은 많습니다. 짐 캐리의 〈라이어 라이어〉나 릭키 제바이스의 〈거짓말의 발명〉은 제가 좋아하는 영화들입니다. 강동원이 나오는 〈그녀를 믿지 마세요〉나 일본 애니메이션인 〈4월은 너의 거짓말〉도 재밌게 본 작품들이죠. 제가 거짓말에 대한 로맨틱 코미디를 쓰기로 마음먹고 레퍼런스로 삼은 작품은 크리스토퍼 놀런의 〈다크 나이트〉였습니다. 다크 나이트는 절대 악인 조커와 불완전한 선인 배트맨이 대립하는 구도의 이야기인데 사람들은 흥미롭게도 불완전한 선보다는 절대 악에 더 매혹되었습니다.

건설 현장에서는 주 6일 일을 하기 때문에 일을 쉬는 다음 일요일에 쓸까 하다가 그냥 일을 마치고 집에 와서 쓰기로 했습니다. 씻고 밥 먹고 컴퓨터 앞에 앉았는데 한 글자도 안 나오더군요. 그래서 포기하고 다음 날 화요일 저녁에 다시 시도해 보기로 했습니다. 제가 가장 두려워하는 편집자라는 존재를 굉장히 귀엽고 깜찍한 인물로 그려내고 싶었습니다. 불안과 공포의 극복이었죠. 화요일에 일을 나가서 오전 일과를 마치고 점심 먹고 시멘트 바닥에 마대 깔고 자려고 누워 있는데 머릿속으로 이새콤이라는 이름이 떠올랐습니다. 이게 되나? 사람 이름으로 쓸 수 있나? 싶어 바로 네이버로 이새콤이 사람 이름이 될 수 있는지 검색해 보았습니다. 이 이름이 마음에 들었는데 써도 될지 안 될지를 두세 시간 정도 고민했습니다. 소설 중간에는 오잉, 이라는 표현이 나오는데 이 부분에 대한 불안도 좀 있었습니다만 이새콤이라는 이름을 받아들이고 여기까지 읽어주셨다면 오잉이라는 표현도 통용될 것이라는 생각이 들었습니다.

마지막으로 쓰인 〈진실을, 오로지 진실만을〉은 첫 문장을 쓰는 데 가장 어려움을 겪었습니다. 대여섯 번 정도 썼다가 지웠습니다. 편집자를 주인공으로 한 이야기를 쓰자고 마음먹었으나 출판사 편집자님들이 어떤 일을 하시는지 전혀 모르고 있다는 걸 깨달았습니다. 저에게 있어서 편집자님이란 조용히 다그치고 타이르며 그래도 안 될 경우에는 정중하지만 그 속내를 들여다보면 비수가 숨겨져 있는 무서운 말들로 엄포를 놓는 무섭고도 두려운 사람들이라고 생각하고 있었지만 어떤 업무를 하시는지는 잘 모릅니다. 그래서 어쩌지 지금이라도 연락해서 혹시 죄송합니다만 무슨 일을 하시나요? 하고 여쭤볼까 하다가 그만두었습니다. 어차피 내가 편집자님들이 무슨 일을 하는지 모른다면 이 책을 읽는 사람들도 잘 모를 것이다. 그럼 내가 글을 쓰는 대로 아 편집자들은 이런 일을 하는구나, 하고 사람들은 생각하게 될 것이다. 그래서

작가의 말

그냥 썼습니다. 오후 6시부터 쓰기 시작해서 다 쓰고 나니 밤 10시더군요. 열 장가량의 분량이었습니다.

마지막 문장까지 적고 나니 제 안에서 뭔가 느껴지는 것이 있었습니다. 어떤 인생에 있어서 한 단계 성장을 알리는 위대한 성찰이나 스스로 내면을 깊게 들여다보고 얻게 되는 후회와 반성 같은 것은 아니었습니다. 작가나 글을 쓰는 사람으로서의 진일보 같은 것은 더더욱 아니었죠. 건설 현장에서는 기술자들을 기공이라고 표현하는데 저는 기공의 영역에 들어섰다고 느꼈습니다. 기술적으로 어느 반열에 들어섰다고 생각했으며 그 결과물의 수준이야 어떻든 소재만 잡는다면 그럴듯한 이야기를 만들어낼 수 있겠구나, 하고 생각했습니다. 이 책을 쓰는 데는 6일의 시간이 걸렸습니다. 물론 글로 옮겨 쓴 물리적인 시간이 그러하고 실제적으로는 살면서 경험한 다양한 것들이 저의 무의식 속에 담길 시간이 있었겠지만 그런 시간은 측정할 수도 기록할 수도 없는 것 아니겠습니까.

그야말로 피 말리는 레이스, 차력에 가까운 질주였습니다. 기록할 수 없고 측정할 수도 없는 시간 속에서 손 틈새로 간신히 끌어 올린 저의 마음들을 읽어주셨으면 합니다. 감사합니다.

2024년 가을 김봉철

작가의 말